聂绀弩

诗全注全解

方瞳 著

北方文艺出版社

图书在版编目（CIP）数据

聂绀弩诗全注全解 / 方瞳著 . -- 哈尔滨：北方文
艺出版社 , 2019.4（2021.3 重印）

ISBN 978-7-5317-4101-5

Ⅰ . ①聂… Ⅱ . ①方… Ⅲ . ①诗集－中国－当代
Ⅳ . ① I227

中国版本图书馆 CIP 数据核字（2017）第 291624 号

聂绀弩诗全注全解

Niegannu Shi Quanzhu Quanjie

作　者 / 方　瞳

责任编辑 / 宋玉成　刘想想　　　　　封面设计 / 费文亮

出版发行 / 北方文艺出版社　　　　　邮　编 / 150008

发行电话 /（0451）86825533　　　　经　销 / 新华书店

地　址 / 哈尔滨市南岗区宣庆小区 1 号楼　网　址 / www.bfwy.com

印　刷 / 三河市南阳印刷有限公司　　　开　本 / 880mm×1230mm　1/32

字　数 / 79 千　　　　　　　　　　　印　张 / 8

版　次 / 2019 年 4 月第 1 版　　　　　印　次 / 2021 年 3 月第 2 次印刷

书　号 / ISBN 978-7-5317-4101-5　　　定　价 / 45.00 元

1945 年北泉慈幼院。左起聂绀弩、周颖、海燕、申德慧

20 世纪 50 年代初聂绀弩摄于香港

1979 年 2 月 1 日在聂家。后排左一朱静芳，后排左二萧夫人。前排左一为萧军，中聂绀弩，前右一周颖

20 世纪 80 年代摄于邮电医院病房

刘再复看望聂绀弩。见赠
答草《题刘再复》

丁聪 1986 年补画聂绀弩像

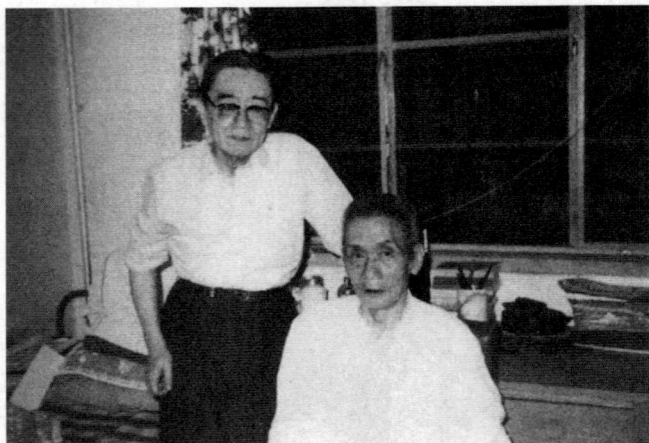

20 世纪 80 年代初高旅看望聂绀弩

喉井天（1924—2010）。1999 年 1 月与海燕儿女摄于舒芜家院内

聂绀弩与莫斯科东方大学的校友胡建文

金满城夫人陈凤兮，章伯钧夫人李健生，代大夫朱静芳一起看望聂绀弩。
见赠答草《李大姐干杯》

目录

题·咏

行·吟

赠·答

感·念

省·悟

难・度 ——————

挑 水

这头高便那头低，片木[1]能平桶面漪。

一担乾坤肩上下，双悬日月臂东西。

汲前古镜人留影，行后征鸿爪印泥。

任重途修坡又陡，鹧鸪偏向井边啼[2]。

诗事

北大荒农场，地块编号，如一号地、二号地、十四号地等。没有正经田间道路，沼泽、水泡子、塔头甸子、丘陵丛林、新翻的荒垡子地，必经时都要当"路"走，所以挑水这活儿，不像内地往田间送水那么容易。

注释

［1］片木：挑水时，水会从桶内向外晃洒。放上一片树叶或木片，水就不会洒出来了。

［2］聂绀弩自注：鹧鸪鸣声，人谓为"行不得也哥哥"，此借其意，非真闻其声，北大荒似无此鸟。

削土豆种伤手

豆上无坑不有芽，手忙刀快眼昏花。

两三点血红谁见，六十岁人白自夸。

欲把相思栽北国，难凭赤手建中华。

狂言在口终羞说，以此微红献国家。

推　磨

百事输人我老牛，惟余转磨稍风流。

春雷隐隐全中国，玉雪霏霏一小楼。

把坏心思磨粉碎，到新天地作环游。

连朝[1]齐步三千里，不在雷池更外头。

诗事

　　丁继松《聂绀弩在北大荒的日子里》："1959 年初夏，他一言不发，默默地拿了一张宣传部给《北大荒》文艺编辑部的介绍信，便走了。当时由于房屋紧张，编辑部被挤到一个剧场楼上的一间放映室里。这间十多平方米的空间，是他拥有的极乐世界。他有一首诗写道：'春雷隐隐全中国，玉雪霏霏一小楼。'就是写的这个情景。"当时我刚从部队转业到牡丹江农垦局宣传部工作（见 1992 年 7 月 25 日《光明日报》）。

党沛家 1998 年 10 月 26 日给侯井天的信中说："1959 年春，伙房做小豆腐，我与绀弩被派推磨，张南（监察司长彭达之妻，志愿伴夫来此劳动）掌勺上豆。……推磨劳动只此一次，七队面粉由分场机械加工。"

注释

[1] 连朝：唐·杜甫《奉赠卢参谋》诗："说诗能累夜，醉酒或连朝。"

马　逸

脱缰赢马也难追，赛跑浑如兔与龟。

无谔无嘉无话喊[1]，越追越远越心灰。

苍茫暮色迷奔影，斑白老军叹逝骓[2]。

今夕塞翁真失马，倘非马会自行归。

注释

[1] 聂绀弩自注：谔、嘉皆叱马声。

[2] 骓：青白杂色的马。聂绀弩自注：反用项羽《垓下歌》"时不利兮骓不逝"意。

拾穗同祖光[1]（二首）

一

不用镰锄铲镬锹，无须掘割捆抬挑。

一丘[2]田有几遗穗，五合米需千折腰[3]。

俯仰雍容君逸少[4]，屈伸艰拙仆曹交。

才因拾得抬身起，忽见身边又一条。

诗事

尹瘦石 1987 年 5 月 11 日给侯井天的信中说：1960 年春，在农垦局宣传部，聂绀弩在《北大荒文艺》，我在《北大荒画报》，夏，宣传部将我等'右派'又组成生产队参加劳动，聂诗《拾穗同祖光》（吴祖光时在文工团）写于此时。

注释

[1]祖光：吴祖光（1917—2003），江苏武进人。剧作家、导演。后任中央电影局、北京电影制片厂编剧、导演。中国戏曲学校实验剧团编剧、北京市京剧团编剧。著作有《吴祖光戏剧集》《后台朋友》《海棠集》等。导演过十多部影片。

[2]丘：量词，指用田塍隔开的水田。

[3]合：市制容量单位，一合等于一斗的百分之一。

折腰：《晋书·陶渊明传》：潜叹曰"吾不能为五斗米折腰，拳拳事乡里小人邪！"

[4]俯仰：王羲之《兰亭序》："仰观宇宙之大，俯察品类之盛。"逸少：王羲之，字逸少。

二

乱风吹草草萧萧，卷起沟边穗几条。

如笑一双天下士，都无十五女儿腰[1]。

鞠躬金殿三呼起[2]，仰首名山百拜朝。

寄语完山尹弥勒[3]，尔来休当妇人描。

注释

[1]女儿腰：杜甫《绝句漫兴九首》"隔户垂柳弱袅袅，恰似十五女儿腰"。

[2]三呼起：聂绀弩《我若为王》："我若为王，我将终于不能为王，却也真地为古今中外最大的王了。'万岁，万岁，万万岁！'我将和全世界的人们一同三呼。"（见《聂绀弩全集》第1卷388页）

[3]完山：完达山。

　　尹弥勒，画家尹瘦石。聂绀弩自注：十九世纪法国画家米勒，另译弥勒、米耳。名作有《拾穗者》。

伐　木

千年古树谁人栽，万叠蓬山我辈开。

斧锯何关天下计？国家需有栋梁材。

大呼乔木迎声倒，小憩新歌信口来。

老病无能真碌碌，怕人温慰伐柯回。

冰　道 [1]

冰道银河似耶非？魂存瀑死梦依稀。

一痕界破千山雪，匹练能裁几件衣。

屋建瓴高天并泻，橇因地险虎真飞。

此间尽运降龙木，可战天门百八回。

诗事

　　孙鹏航 2009 年 3 月 12 日自平度给侯井天的信中说：我于两个冬天均在完达山中伐木。凡伐木、打杈、归楞、装车、修冰道等活均干过。关于冰道的具体情况是这样的：先用镐刨两条与拖拉机、爬犁宽相等、深约数十公分的冰道，再在冰道内浇入水，使结冰，拖拉机所拉装木材之爬犁，沿冰道行走，完成运木任务。我所修及浇灌之冰道，是深夜即起，那个冷啊呀，至今思之犹胆寒。凿开河冰，排水灌入冰道。而不是取雪烧开水灌入冰道。当然，也可能有少量无法取水地段，只好化雪取水，但那可能是个别现象。至于是否另有不靠河流的冰道，只能靠化雪取水，我不得而知。

寓真《聂绀弩刑事档案》：聂绀弩的诗，作为"反动诗词"送到公安机关领导人那里，举报人奉命"解释"云："前面六句是描写冰道运木材。问题是最后的两句，大意是当年为了保卫大宋江山，杨家将费了许多劲，去找降龙木，降龙木这种宝贝在北大荒却有的是。意指在那里劳动的'右派'都是天下奇才。但是，在这月色茫茫的夜里，一任它在冰道上滑走，它们将滑到哪里去呢？"

注释

[1] 聂绀弩自注：从山上到山下之雪中直道。以沸水使雪融后，复结成冰，则载木之爬犁（橇）顺流直下，无须且不可推挽者，谓之冰道。

风 车

八臂朝天一纺轮，朝挥行雨暮行云[1]。

俯看平地疑流水，仰慕高踪远塞尘。

天际东风春猎猎，磨坊文札[2]雪纷纷。

吉诃德定真神勇，竟敢操戈斗巨人。

注释

[1]行雨、行云：宋玉《高唐赋》：旦为朝云，暮为行雨。

[2]磨坊文札：都德著，是一本由24篇散文、随笔组成的故事集。

独木桥

百戏[1]绳行绳太粗。水蛇腰上人趑趄。

一从两地生孤木，反使银河变畏途。

虢国蛾眉浮翠带，小怜玉体失金铺。

谁堪虎尾春冰[2]际，万树千山唤鹧鸪[3]。

注释

[1]百戏：《汉文帝篡要》载："百戏起于秦汉曼衍之戏，技后乃有高緪、吞刀、履火、寻橦等也。"可见百戏是对民间诸技的称呼，尤以杂技为主。

[2]虎尾春冰：《书·君牙》："心之忧危，若蹈虎尾，涉于春冰。"比喻极其危险。

[3]鹧鸪：聂绀弩自注：鹧鸪鸣声，人谓为"行不得也哥哥"。

过刈后向日葵地

曾见黄花插满头，孤高傲岸逞风流。

田横[1]五百人何在，曼倩三千牍[2]似留。

赤日中天朝恳挚，秋风落叶立清遒。

齐桓[3]不喜葵花子，肯会诸侯到尔丘。

注释

[1] 田横：狄县人，本是齐国贵族。秦末跟随他哥哥田儋起兵，重建齐国。楚汉战争中自立为齐王，不久被汉军打败，投奔彭越。汉朝建立，率领部下五百多人逃往海岛，汉高祖刘邦叫他到洛阳，被迫前往，因不愿向汉称臣，在途中自杀。留在海岛上的部属听到田横自杀消息，也全部自杀，事见《史记·田儋列传》。山东省即墨县东北海中有田横岛。

[2] 曼倩：东方朔字曼倩，（前154—前93），西汉大臣，

文学家。平原厌次人。性诙谐滑稽，善辞赋。武帝初即位，征举方正贤良材力之士，他上书自荐，任常侍郎、太中大夫等职，常以正道讽谏武帝。因终不得重用，故作散文赋《答客难》，以抒发有才智而无有施展的苦闷。事见《史记·滑稽列传》。

三千牍：《史记·滑稽列传》："（东方）朔初入长安，至公车上书，凡用三千奏牍。"

[3]齐桓：春秋时齐国君。姜姓，名小白。公元前685年—前643年在位。他多次大会诸侯，订立盟约，成为春秋时第一个霸主。《左传》僖公九年："夏，会于葵丘，寻盟，且修好。"

出　狱

冷雨孤舟滟滪堆，春风杨柳越王台。

两般光景谁忧乐，一样心情并去来。

莫道落花重上树，且邀明月共衔杯。

感情今似降龙木，苦战天门百八回。

有以个人劳动情况见询者诗以答之

在北大荒气正豪，积肥清厕最常劳。

飙风背草斜穿陇，急雨推车直上桥。

磨转三更面汤热，驹看一夜马灯高。

回思老病胡能此，多谢神医薛一瓢[1]。

注释

[1]薛一瓢：（1681—1770），名雪，字生白，号一瓢，江苏苏州人，清代医学家。原学文史，兼习诗画，其医术与同郡叶天士齐名。选辑有《医经原旨》。传曾著《湿热篇》，论诗著作有《一瓢诗话》。

往　事

饶河某晚会，约定我讲一笑话，后因领导不同意，遂罢。

大雪漫天散碎鹅，从天降到小饶河。

饶河谁比姑娘乐，开口便哼敕勒歌。

不许诙谐唇舌省，无须思考脑筋磨。

人间万事皆前定[1]，几个筲箕几个螺[2]。

注释

[1]前定:《骤雨打新荷》:"穷通前定，何用苦张罗。"

[2]筲箕、螺:手指上的纹形。谣曰:"一斗穷，二斗富，三斗开个杂货铺;四斗做官，五斗卖烟;七斗八傻子，老了端着碗碴子(讨饭)。"此种民谣，因地而异，仅仅说着好玩罢了。

柬周婆[1]

龙江打水虎林[2]樵，龙虎风云[3]一担挑。

邈[4]矣双飞梁上燕，苍然一树雪中蕉。

大风背草穿荒径，细雨推车上小桥。

老始风流君莫笑，好诗端在夕阳锹。

注释

[1] 周婆：周颖（1905—1991），原名之芹，河北省南宫县人。天津女师毕业，后曾留日。1929 年与聂绀弩结婚。曾任中国人民政治协商会议全国委员会常务委员、中国国民党革命委员会中央监察委员会副主席。

[2] 虎林：黑龙江省的一个市名。

[3] 龙虎风云：《周易·乾·文言》："云从龙，风从虎。"

[4] 邈：遥远的样子。

周婆来探后回京

行李一肩强自挑，日光如水水如刀。

请看天上九头鸟[1]，化作田间三脚猫[2]。

此后定难窗再铁，何时重以鹊为桥？

携将冰雪回京去，老了十年为探牢。

诗事

　　周健强著《聂绀弩传》"跃进诗人"一章中写道："天天开绀弩的批斗会，说是他放的火，他当然不承认。"聂绀弩对五队的党支部书记说："如果党要我承认火是我放的，如果承认了对工作有利，我……可以承认。""阶下囚"一章中写道：1959年夏历除夕（阳历2月7日）傍晚，"两位民警"把聂绀弩"带到招待所，周颖在房门口迎接"。"由于周颖的力争，也感谢那位热情的农垦局长，新年刚过，绀弩立即被提审了。他被判处一年徒刑——提前执行""周颖在招待所等到结案，才陪着这个刚刚释放的'纵火犯'一起离开虎林"。绀弩回到850农场生产队，周颖回北京，故言"此后定难窗再铁"。

侯井天据自己1959年1月25日日记回忆：自庆丰水库工地去虎林。《北大荒文艺》编辑室罗炽晶在农垦局食堂管午饭。晚上她叫我宿编辑室。这是一所草苫的方形屋，在虎林东西大街路北，临街。一进门，见一位身高干瘦的老者先在。我有礼貌地寒暄："贵姓？"答："聂绀弩。"老者接着回问我："贵姓？"答："侯井天。"1949年读《鲁迅全集》，碰到聂绀弩人名；1957年在总政文化部工作时，知道北京文艺界名人聂绀弩是"右派"。此刻问答，我知道他是谁，他不知道我是谁。宁己宁人，邂逅无言。聂绀弩睡在靠东北角、南北放的床上；我睡在靠西北角、东西放的床上。26日晨3时半，我悄然离去。

钟涛（符宗涛）《在〈北大荒〉最初创刊的日子里》："编辑室从密山迁到虎林时，没住处，临时在大街上找了幢房子……白天上班的时候，经常有老乡闯了进来，口口声声要买药……我们搬来之前，这里是爿药店。""后来编辑室……搬到……一幢孤立坐落在农垦局西北角的房子。"侯井天与聂绀弩邂逅的房子，就是《北大荒文艺》编辑部搬走后空下来的这间房子。

夏衍《绀弩还活着》："周总理说过他（绀弩）是'大

自由主义者'。……不注意生活细节，不小心烟火，使他在北大荒时引起了一场火灾，被判为'纵火犯'，坐了一年牢（侯井天：坐牢两个月）。我对总理说，绀弩这人，不听话，胡说些话，都有可能，但放火是绝对不可能的。"

注释

[1]九头鸟：又名苍虞鸟，古代传说中的不祥怪鸟。《太平御览》九二七《鬼车》引《三国典略》："齐后园有九头鸟见，色赤，似鸭，而九头皆鸣。"后演化为迷信故事。周密《齐东野语》卷十九"鬼车鸟"："鬼车，俗称九头鸟——世传此鸟昔有十头，为犬噬其一，到今血滴人家，能为灾咎。故闻之者必叱犬灭灯，以速其过。"谚语："天上九头鸟，地上湖北佬。"

[2]三脚猫：郎瑛《七修类稿》卷五十一："俗以事不尽善者，谓之三脚猫。"即俗指只会败事的人。朱正注引元末明初 / 陶宗仪《南村辍耕录》："张明善作北乐府《水仙子》讥时云：'……说英雄，谁是英雄？五眼鸡，岐山鸣凤；两头蛇，南阳卧龙；三脚猫，渭水飞熊。'"

丁聪画老头上工图[1]

驼背猫腰短短衣，鬓边毛发雪争飞。

身长丈二吉诃德，骨瘦癯三南郭綦[2]。

小伙轩然齐跃进，老夫耄矣[3]啥能为。

美其名曰上工去，恰被丁聪画眼窥。

诗事

王观泉《我记忆中的老聂》："老聂被放出班房又经农垦部的同意到了《北大荒文艺》编辑部工作。他和小丁……成了编辑部的一对老右。""那时是政治灾难后的自然灾害，人饿得精瘦，老聂在看了小丁画的连环漫画《老头上工图》写诗道：'身长丈二吉诃德，骨瘦癯三南郭綦'，是取其外形的写照。"

注释

[1]《新观察》1986年第24期，载丁聪重新画的《老头上工图》。丁聪亲笔题画，说明"此画原稿于动乱年间丢失，现凭记忆重作。1986年"。

丁聪：笔名小丁，上海人。漫画家、舞台美术家。曾任《人民画报》副总编辑、全国青年联合会常委兼副秘书长、中国美术家协会理事、中国人民政治协商会议全国委员会委员。主要作品有《朱小军从军记》《阿Q正传插图》《现象图》《丁聪漫画》等。

[2]南郭綦：《庄子·齐物论》："南郭子綦……形……如槁木。"

[3]老夫耄矣：《左传》隐公四年，卫国的石碏使人告于陈国曰："老夫耄矣，无能为也。"耄，年老，八九十岁。

题小丁画老聂劳动图

秋风秋雨割豆时，猫腰驼背勉从之。

一把乙字刀[1]无刃，三寸丁谷树全皮。[2]

小伙掀然大跃进，老夫耄矣何能为。

多君此画存真我，胜我自题百首诗。

注释

[1] 乙字刀：镰刀的形状，近乎"乙"字。

[2]《水浒》第二十四回："武大郎，身不满五尺，面目丑陋，头脑可笑。清河人，见他生得短矮，起他一个浑名，叫'三寸丁谷树皮'。"

瘦石[1]画苏武牧羊图

神游忽到贝加湖[2]，湖上轻呼汉使苏。

北海今朝飞雪矣，先生当日有裘乎？

一身胡汉资何力，万古人羊仅此图。

十九年长天下小，问谁曾写五单于[3]。

诗事

　　包立民《聂绀弩与尹瘦石的诗画之交》：1961年冬，"据尹瘦石回忆……有一次，他（聂）请老尹画一幅苏武牧羊图，老尹一口答应，不几天一幅四尺三开的苏武牧羊图送到了老聂的家中，作为一个交换条件，老尹请老聂在画上题一首诗。老聂笑着对老尹说：'好，我题一首诗，不过不是在画上，而是在另一张纸上，我的字写得不好，一题到画上，不是毁了这幅画吗？'""这首诗表面上写的历史故事。实际上是借苏武写自己包括老尹流放北大荒乌苏里江畔的感受。诗写得很隐晦，心中有牢骚要发，但又怕人听到自己的牢骚，只得曲折地借题发挥。"（见《名人传记》总 76 期）

注释

[1] 瘦石：尹瘦石，江苏宜兴人。1938 年武昌艺专肄业。1945 年在重庆举办"柳亚子尹瘦石诗画联展"，1946 年在华北联合大学文学院美术系工作。历任内蒙古文学艺术界联合会副主席、中国美术家协会内蒙古分会主席、北京中国画院秘书长、北京画院副院长、北京市文学艺术界联合会副主席、中国美术家协会北京分会主席、中国美术家协会理事、中国书法家协会理事，1988 年任中国文学艺术界联合会副主席。

[2] 贝加湖：聂绀弩自注：贝加湖应作"贝加尔湖"。今省去"尔"字，迁就七字句也。后《念高旅》"港上浮家缺姓施""姓施"当作"姓施的"；《探春》"王善保家尝耳光""王善保家"当作"王善保家的"。

[3] 五单于：《汉书·匈奴传》：呼韩邪单于、屠耆单于、呼揭单于、车犁单于、乌借单于之间攻战杀伐。单于，匈奴最高首领称号。全称应作"撑犁孤涂单于"。匈奴语"撑犁"是"天""孤涂"是"子""单于"是广大之意，通常称为"单于"。

题瘦石为绘小影（1962）

人皆欲杀非才子[1]，老更能狂号放翁[2]。

万里投荒千顷雪[3]，一冬在系五更风。

白头毛发森如许，北国冠裳厚几重。

影似牌名浑不似[4]，予怀渺渺墨伤浓。

注释

　　[1] 杜甫《不见》："世人皆欲杀，吾意独怜才。"

　　[2] 放翁：南宋诗人陆游，字务观，号放翁。

　　[3] 柳宗元《别舍弟宗一》："一身去国六千里，万
死投荒十二年。"

　　[4] 浑不似：梁绍壬《两般秋雨庵随笔·浑不似》："琵
琶古名枇杷，又名鞻婆。王昭君常因琵琶坏，令胡人改，为
之而小，昭君笑曰：浑不似。"

题·咏 ——————

咏旧小说（五首）（1961）

水　浒[1]

百万流徒带锁来，江湖满地起雄才。

天罡地煞风雷吼，花石生辰齑粉灰。

一代真朝在水国，几批降将拜山隈。

人民多少肮脏泪，端赖斯编取次揩。

注释

[1]聂绀弩 1950 年代主持整理出版了水浒传，并曾著
有《水浒四议》。

聊斋志异

鬼神驱服人民务，妖异作为世俗看。

陆判[1]刚肠情悱恻，叶生[2]敝袖泪阑干。

悲关物我人天际，道在闺房儿女间。

调笑风流讽辛辣，成章生色璧微斑[3]。

注释

[1]陆判：蒲松龄《聊斋志异》《陆判》，写姓陆的鬼判官，"绿面赤须，貌尤狞恶"，却很重感情，用神异的手段，帮助人得功名，得美妻。

[2]叶生：《聊斋志异》《叶生》。写叶生一生考不上功名，穷途潦倒。死了，自己还不知道，还要去考。

[3]璧微斑：白璧微瑕。萧统《陶渊明集序》："白璧微瑕者，惟在《闲情》一赋。"瑕，玉石上的斑点。

花月痕^[1]

客舍悲秋秋有痕，平倭十策向谁论。

从来红粉青衫泪，末世官僚地主魂。

北里诗歌淹日月，中华儿女挽乾坤。

狗头霸迹君知否^[2]，江北江南处处存。

注释

［1］花月痕：清代狭邪小说，十六卷五十二回。题"眠鹤主人"编次。作者实为魏子安（1819—1874），名秀仁，福建侯官人。

［2］聂绀弩自注：书中狗头，人谓即"四眼狗"陈玉成。

孽海花^[1]

既非孽海也非花，无主无从入散沙。

醉饱君臣皆体国，娇憨夫妾共乘槎。

相公幺女笄年玉，才士名姬绮貌麻。

何幸生逢奴乐岛，纵谈革命亦何加。

注释

[1] 孽海花：清末民初"谴责小说"，共三十回。前五六回为金天翮所写。由曾朴修改并续成全书，附录五回。

老残游记^[1]

贪官不恨恨清官，君子小人也一般。

南革北拳^[2]皆祸水，外洋中土竟他山。

歌声白妞形容绝，冰影黄河斗宿寒。

不是全书全不是，只今读者有差看。

诗事

　　1957 年 4 月人民文学出版社编辑部《老残游记出版说明》："曾向清廷建议借外资兴筑铁路、开采山西煤矿，事情虽非经刘鹗手办成，但在帝国主义列强对我国虎视眈眈，全国人民同仇敌忾的时候，这种不惜有损主权以维护清廷腐败统治的主张，显见违反人民的利益和愿望，遂被目为'汉奸'。"

注释

[1] 老残游记：清末中篇小说，刘鹗作。被鲁迅先生评为晚清四大"遣责小说"之一，翻译成多国文字，在国内外影响巨大，被联合国教科文组织认定为世界文学名著。聂绀弩《论青天大老爷》："对于青天大老爷的怀疑，在作者中，我只碰见写《老残游记》的刘铁云一个。"（见《聂绀弩全集》第1卷425页）侯井天：关于贪官、清官的话，见《老残游记》第十六回，是作者自己写的"原评"。说"赃官可恨""清官尤可恨""小则杀人，大则误国""有揭清官之恶者，自《老残游记》始"。

[2] 南革北拳：中国南方的康有为领导的改良派和孙中山领导的资产阶级民主革命党人和中国北方的义和拳。

红楼梦人物（七首）（1961）

宝玉与黛玉

家庭底事有烦忧？天壤何因少自由？

不做夫妻便生死，翻教骨肉判恩仇！

潇湘梦歇珠魂杳，木石盟虚衲影秋。

一角红楼千片瓦，压低历史老人头。

晴 雯

削肩纤爪水蛇腰，命贱何妨气性慓。

往日千金难一笑，从来谣诼痛离骚。

脱红绫袄心真碎，补雀金裘力早抛。

以被蒙头君且去，人天自此路迢遥。

紫 鹃

秋悲春困困潇湘，我在佳人锦瑟旁。

爱海珠荒全是泪，情炉铁冷怎成钢。

亦闻蜚语传金锁，故撰危词耸玉郎。

绣口锦心参至计，侍儿肝胆照姑娘。

鸳 鸯

南山有鸟北山罗，罗作老奴小老婆。

此日鸳鸯冲铁网，一天星斗乱银河。

三军夺帅情何迫，匹女忘威事可歌。

便作夫人谁便往，斯言绝决胜投梭。

尤三姐

一夕叱羊皆化石，五年插柳未成阴。

全倾种种衷肠话，只获悠悠道路心。

尤物尤人情激越，巫山巫峡气萧森。

寒光闪处青锋血，恨比晴雯似更深。

妙 玉

木鱼清磬伴弥陀，栊翠庵中恨几多。

天上玉人离玉府，人间天女遇天魔。

谁堪白璧青蝇玷，其奈红颜薄命何。

寄语惜春休继躅，无尘埃处有风波。

探 春

何处飞来一绣囊，满园雏婢尽倾箱。

三姑娘手快天下，王善保家尝耳光。

之子与人家国事，颠风休动女儿裳。

大妈不悦吾何恐，拼嫁荒山抑远洋。

贾宝玉

道是多情却不情，不情情始是情僧[1]。

游逢乳燕寒暄久，听赋落花涕泪倾。

几个真才非怪物，一生知己但颦卿。

补天庸了浑闲事，去婢探牢[2]感更惊。

诗事

  聂绀弩《略谈〈红楼梦〉的几个人物·二、袭人》："在《红楼梦》所反映的时代，他是封建制度的浪子，是一个十分奇特的怪物、痴子。看见燕子就给燕子说话，自己在雨里淋着，却劝人家躲雨，说什么女儿是水做的骨肉，不肯读书上进，说人家上进的是禄蠹，如是等等，有无数笑柄在人们口里流传。人们不理解他。"（见《聂绀弩全集》第7卷361页）

注释

[1]情僧:《红楼梦》第一回:"因空见色,由色生情,传情入色,自色悟空,空空道人遂易名为情僧,改《石头记》为《情僧录》。"

[2]去婢:《红楼梦》第七十七回:当时晴雯正在病中,"四五日水米不曾沾牙,如今现打炕上拉下来,蓬头垢面的,两个女人搀架去了。"撵出大观园,第二天就悲惨地死去。晴雯离开贾府后,住在姑舅哥哥家中,贾宝玉曾偷偷地去探望她。

探牢:脂砚斋批透露未完稿后面的情节,抄家后曾有小红探牢。(小红,首见《红楼梦》第二十四回,宝玉的丫头。)

薛宝钗

深沉豁达又温文，腼腆凝妆作替人。

儿女闺中归荡子，英雄天下老陪臣。

飞来赤帜[1]登时计，呕尽春心永夜魂。

是我误他人误我，更将何以对痴颦。

注释

[1]赤帜：《史记·淮阴侯列传》："韩信……夜半传发，选轻骑两千人，人持一赤帜，从间道草山而望赵君。诚曰：'赵见我走，必空壁逐我，若疾入赵壁，拔赵帜，立汉帜。'"原指两军相争出奇谋，此喻王熙凤施"调包计"，哄骗贾宝玉说娶林黛玉，实际是娶薛宝钗。《红楼梦》第九十六回"瞒消息凤姐设奇谋"。

林黛玉

绝世深情林黛玉，终身痛哭贾长沙。

痴男怨女此心死，碧海青天何处家。

枕上姑娘刚掩泪，帘前鹦鹉便呼茶。

一声你好谁听得，惨透才人笔底花。

龄 官

我禁斯园惟串戏，鸟能串戏亦拘笼。

分明讥我笼中鸟，岂是非人肚里虫。

蔷字划多衣被雨，情天气大口生风。

本来相得还相骂，更有谁何在眼中。

水浒人物（五首）

鲁智深

肉雨屠门奋老拳，五台削发恨参禅。

姻缘说堕桃花雨，儿戏蹴翻杨柳烟。

豹子头刊金印后，野猪林伏洒家前。

独撑一杖巡天下，孰是文殊孰普贤。

林　冲（二首）（1982）

休　妻

一夜夫妻百夜恩，休书一纸忍呈君？

谁知落雁沉鱼者，竟是招灾贾祸人！

万里关山长路险，千行涕泪短檠昏。

两心相照期无患，以假为真莫认真。

题　壁

家有姣妻匹夫死，世无好友百身戕。

男儿脸刻黄金印，一笑心轻白虎堂。

高太尉头耿魂梦，酒葫芦颈系花枪。

天寒岁暮归何处，涌血成诗喷土墙。

林冲娘子（1982）

天下英雄唯我夫，无端陋质竟妨渠。

人逢艳福天生妒，虎落平阳犬不如。

万里流徒君善摄，千年寡室妾能居。

身无彩凤双飞翼，泪透萧郎一纸书。

董超　薛霸

解罢林冲又解卢，英雄天下尽归吾。

谁家旅店无开水，何处山林不野猪？

鲁达慈悲齐幸免，燕青义愤乃骈诛。

佶京侼贯江山里，超霸二公可少乎！

鲁智深（二首）（1962）

一

何处何人有祸灾，洒家未肯挺身来！

独撑一杖凌天下，只为三拳上五台。

匹妇匹夫仇不复，行云行雨泪谁揩！

桃花村自师经后，岁岁桃花烂漫开。

二

横身截挡人灾祸，截得人灾上己头。

打罢三拳游代北，飞来一杖到沧州。

佛灯狗肉几馋死，村夜桃花为嫁羞。

欲访吾师何处所，海潮声里衲衣秋。

诗人节[1]吊屈原题黄永玉画《天问篇》

屈原清醒敢问天，千百年来一人焉。

风雨雷霆都不怕，自称臣是水中仙。

我曾梦非天所宠，夜深不敢仰天眠。

前怕狼，后怕虎，怕灶无烟锅无煮。

怕无首领入先茔，怕累一妻和两女。

自笑梦胆空如鼠，醒逢天晴好端午。

诗人济济献诗黍，我亦随之倾肺腑。

灵均灵均[2]君何许？

注释

[1] 诗人节：中华全国文艺抗敌协会于 1941 年 5 月 30 日（即农历五月初五日）在重庆《新华日报》上发表《诗人节缘起》一文，确定五月初五日为中国诗人节。郭沫若《蒲剑·龙船·鲤帜》："端午节相传是纪念屈原的日子，据说屈原是在这一天跳进汨江里自杀了，后人哀掉他，便普遍地举行种种的仪式来对他作纪念。"当年，于右任、冯玉祥、郭沫若等约集重庆诗歌界、文艺界人士，发起纪念活动，仅公开纪念一次。

聂绀弩自注：解放前很多年以旧历端午为诗人节，解放后似无人提及此事，亦未闻废除，今仍之。

[2] 灵均：屈原姓屈名平，字原，《离骚》中自称"正则""灵均"。

端午节陶然亭诗会因病未赴率成一律

奇气胸中久郁盘，汨罗江水几时干？

问天不怕回风[1]恶，哀郢[2]当因下里酸。

杜若洲边无杜若[3]，陶然亭畔且陶然。

思君不见人空老，骚卷长撑天地间。

注释

[1]回风：屈原《九章·悲回风》："悲回风之摇蕙兮，心冤结而内伤。"

[2]《哀郢》：《九章》中的一篇，作于公元前278年，这一年秦将白起攻下楚国的首都——郢，屈原这一次离开郢却是永别。屈原叙述郢都的陷落，自己在困难中被放逐东去。

[3]杜若洲：屈原《九歌·湘君》："采芳洲兮杜若"。杜若，香草名，一名杜蘅、杜莲、山姜，味辛香。

题雪芹著书图^[1]

一哭千红万艳悲，城西夜有鬼风吹。

将雏挈妇^[2]鹑衣薄，啜粥著书斗室卑。

往事凄凉天又黑，秋灯暗淡笔初挥。

何人不读《石头记》，道作者痴今尚谁？

诗事

郭隽杰："此诗当是题在图上。1962 年即开始纪念曹雪芹逝世二百周年，举行多种活动，为曹雪芹作画者很多。我在岳父（陈迩冬——侯注）处见过一幅，印象即曹雪芹著书图，有无聂的题诗记不清了。"

周汝昌《天·地·人·我》第201页《盛典煌煌华夏光》："只见墙上贴了三张芹像，有坐有立——皆刘旦宅之笔。一幅雪芹像是名家黄永玉所作。由上海邀来了刘旦宅、贺友直，加上北京'人美社'的林锴……大约 8—10 幅左右。"

注释

[1]《红楼梦》作者曹雪芹著书图。此首见于聂绀弩
1963 年 1 月 18 日寄高旅手迹。

[2]将雏挈妇：挈妇将雏，成语，意思是带着妻子，
领着儿女。鲁迅《南腔北调集·为了忘却的记念》：惯于长
夜过春时，挈妇将雏鬓有丝。

赵朴斋《海上花》[1]

年初正作狭邪[2]游，岁尾拖车走柏油。

曲巷千家多绝世，洋场十里尽高楼。

繁华海上终身梦，冷酷人间一叶秋。

早肯读书吞墨水，何须仰妹卖馒头[3]。

诗事

　　鲁迅《中国小说史略》第二十六篇《清之狭邪小说》：
"《海上花列传》……大略以赵朴斋为全书线索，言赵年
十七，以访母舅洪善卿至上海，遂游青楼，少不更事，沉溺
至大困顿，旋被洪送令还。而赵又潜返，愈益沦落，至'拉
洋车。'""洪善卿于无意中见赵拉车，即寄书于姊，述其状。
洪氏无计；惟其女曰二宝者颇能，乃与母赴上海来访，得之，

而又皆留连不遽返。洪善卿力劝令归，不听，乃绝去。三人
资斧渐尽，驯至不能归，二宝遂为娼，名甚噪。"

注释

［1］《海上花列传》：长篇小说。题"云间花也怜侬著"，
实为清末韩邦庆作。

［2］狭邪：小街曲巷。顾野王《长安有狭斜行》："长
安有狭斜，狭斜不容车。"因狭路曲巷多为娼妓所居，后遂以
指娼妓居处。

［3］卖馒头：称妓女的方言、隐语。

题《人境庐诗草》^[1]

主题当日粗诗史，思想千年旧士夫。

坚敌人民难卒读^[2]，所忧家国未全虚。

镜花缘^[3]里真天地，奴乐岛中好画图。

最是侈言诗改革，浪抛书卷慑群迂。

注释

[1]《人境庐诗草》：黄遵宪著。黄遵宪（1848—1905），字公度，近代诗人，广东嘉应州人。光绪二年（1876）举人。先后做过驻日本、美国旧金山、英国、新加坡的参赞和总领事。他广泛接触了西方资产阶级的哲学思想、科学文化。1894 年回国后，参加康有为、梁启超为首的改良派政治活动。光绪二十三年（1897）任湖南长宝盐道，代理按察

使，推行新政，和谭嗣同等在长沙创办时务学堂，宣扬资产阶级改良主义。戊戌政变（1898）后被免官回乡。他论诗主张"我手写我口"，不拘守旧律。他自己的诗作多反映现实，描述近代史上的重大事件，语言通俗，形式多样，在古典诗歌过渡的过程中，起了一定的进步作用。其中《悲平塘》《车沟行》《台湾行》，可称为中日"甲午之战"的史诗。

[2]聂绀弩自注：《人境庐诗》反太平天国处，不下金和。金和诗集名《秋蟪吟馆诗草》。

金和号亚匏，江苏上元人。是清末诗坛革新者。他对太平天国持敌视态度。鸦片战争后，写《围城记事六咏》以日记体纪事诗行世。

[3]镜花缘：清代李汝珍著。

行・吟 ──────────

武汉大桥（九首）

聂绀弩 1978 年 7 月 11 日给舒芜的信："武汉大桥卅余首，曾抄以示人，其人了不措意，谓仅一联可取。旋被搜去，亦未念之。今思是亦有可忆存之处，忆之三日，仅得十余首。荒吟一盘散沙，可多可少。组诗则为整体，不及一半，缺欠自多，当更追忆，然亦苦矣。"

桥上（二首）

一

抽刀断水水还流，十里长廊窈窕浮。

头上周行[1]春试马，胸中正轨夜飞梭。

长身尺蠖量天堑，短线针神补地球。

江入楚宫腰自细，非关束带女儿愁。

注释

[1]周行：大道，大路，有"循环往复通畅无阻的道路"
之义。

二

更利长驱百万兵，拔河两岸戏龙争。

西怜白帝刘玄德，东赏摩天聂士成[1]。

人物江天供俯仰，车船舟马自纵横。

倚栏心事无沉苦，不羡遥空一雁轻。

注释

[1]聂士成：　晚清爱国将领。字功亭。安徽合肥人。

望 桥

驱炎昨夜雨倾盆，百二阑干宿雨痕。

游女汉皋遥指点，老人圯上^[1]互温存。

伊谁作画天开榜，似我题诗雁过村。

当户天孙微叹息：人间有此不销魂。

注释

[1]老人圯上：圯，桥。《史记·留侯世家》：圯上
老人即黄石公，约前 292 年—前 195 年，秦汉时期下邳人，
被道教纳入神谱。舒芜读诗笔记：这里借指武汉长江大桥上
行走的老人。

桥夜（二首）

一

尤物江东大小乔，为谁风露立中宵。

空中车马惊驰走，水底星灯眩动摇。

两两花开桥堡月，双双人到月宫桥。

天街夜肃华清暖，旖旎云屏各自娇。

二

单衣凉露夜吹箫，桥划水天两把瓢。

星烂月空银喷嚏，月泅星海玉身腰。

平生光景谁今夕，美死狂奴定此桥。

只恨长江非止水，流将星月许多娇。

桥上望江（二首）

一

长江桥上望长江，势挟巴巫过武昌。

卷土穿山真气力，兼天写地大文章。

青吴上下九千里，楚蜀纵横三万行。

汉水来归钦广阔，黄河远避畏清沧。

二

楚尾吴头眺望开，更思桥上起楼台。

蛟龙得水腾身去，日月经天耀眼来。

无数名城灯火岸，几多沃土稻粱杯。

雷霆风雨千波立，一洗丘原涸鲋哀。

桥夜想起赤壁

不是星稀是月明，南来乌鹊懔秋声。

周郎火快船江昼，孟德诗高柄槊横。

使我红桥能赠古，知他赤壁怎鏖兵。

江山自是今时美，夜夜东风吻水情。

桥上有询黄鹤楼遗址不得而惆怅者

黄鹤早冲白云去，破楼时引黑风来。

楼头春色传佳句，江上宏图费匠才。

万里桥兴天下小，千年楼死世夫哀。

桥楼代谢当狂乐，赠尔长江作酒杯。

颐和园

倘以舳舻资赤壁，何如郊薮起雕阑。

吾民易有观音土[1]，太后难无万寿山。

开得一池春水阔，呈教八国联军看。

此园撤尽千关锁，今义和团血尚斑。

注释

[1]观音土：也叫观音粉，一种白色的粘土。旧社会
灾民常用来充饥。吃后不能消化，无法排泻，常因此而死亡。

钓　台

五月羊裘一钓竿，扁舟容与[1]下江滩。

昔时朋友今时帝，你占朝廷我占山。

有客才眠天象动[2]，无人不羡御床宽。

台前学钓先生柳[3]，却以纤腰傲世间。

注释

[1]容与：屈原《楚辞·九章·涉江》：船容与不进兮。

[2]天象动：《后汉书·逸民列传》：光武帝召严光至洛阳，共偃卧，光以足加帝腹上。明日，太史奏：客星犯御座甚急。帝笑曰：朕故人严子陵共卧耳。

[3]先生柳：陶渊明《五柳先生传》。王维《老将行》："门前学种先生柳。"李商隐《喜闻》："寂寥我对先生柳。"

琴　台[1]

汉阳秋树落匆匆，果否牙期此地逢？

一曲高山流水后，千年长叹永思中。

风云际会知何似，儿女情缘讶许同。

我自无琴音不识，台边痴立雨迷濛。

注释

[1]琴台：古迹名。相传俞伯牙弹琴、钟子期听琴处。

华清池

少女玩过又赐死，居然多情圣天子。

长生殿同长恨歌，不及华清一勺水。

华清池水今尚温，书已封建鬼道理。

我见华清感更深，中有马嵬陈玄礼[1]。

注释

[1]陈玄礼：唐将领。初任果毅都尉，从李即玄宗起兵反对韦后，玄宗在位期间，守卫宫禁。安禄山叛乱，他随玄宗入蜀，在马嵬驿与士兵杀杨国忠，逼玄宗缢死杨贵妃。后封蔡国公，上元元年（760）辞官。

雨中瞻屈原像

东湖湖畔甚愁予，屈子浑身万颗珠。

往日回风悲不死，此时烟雨没将无。

我思为像张黄盖[1]，君早投身饱鳄鱼。

天下是非谁管得，彼皆人主[2]咱其奴。

注释

[1]黄盖：黄色的伞或黄色的车盖。李昉等撰《太平御览》卷七〇二引《通俗文》："张锦避雨谓之伞盖。"

[2]人主：即"天子"。《管子·权修》："民贱其服爵，则人主不尊。"

屈原像下（像在东湖行吟阁前）[1]

投诗我欲赠东湖，为仰行吟屈大夫。

楚水燕山偶来此，淡烟微雨渺愁予。

牢骚肠肺谁千古，莽荡乾坤一左徒[2]。

悲汝回风思往日[3]，自应骨相永清癯。

注释

[1] 行吟阁：在武昌东湖西沿听涛轩东侧小岛上。解放初兴建，高 22.5 米。取《楚辞·渔父》中屈原"行吟泽畔"之意命名。

[2] 左徒：战国时楚官名。《史记·屈原贾生列传》："屈原者……为楚怀王左徒。"

[3] 回风思往日：《悲回风》《惜往日》，屈原《九章》里的篇名。

九女墩

东湖东畔雨纷纷，九女墩前吊昔民。

骂贼同声并同死，杀身成我更成仁。

刚肠玉骨沧浪水，儿女英雄百战身。

多少太平天国事，未留抔土竟沉沦。

鲁肃墓

三四皆小说语，所谓孔明祭风尤不经，兹取其说明通俗耳。

既不降曹便拒曹，孤军合力计谁高。

周郎赤壁东风便，吕子[1]白衣江水号。

敌我友间恒此理，蜀吴魏有几人豪。

何因歌哭侪今古，鲁肃墓邻武汉桥。

注释

[1]吕子：吕蒙，字子明，汝南富坡人。东汉末孙权部将。曾随周瑜破曹操于赤壁。鲁肃死后，他代领其军，率军袭破荆州，擒杀关羽。

鹦鹉洲

浪沙淘尽古风流，剩有文章寿此洲。

才士儿郎分大小[1]，英雄天下藐曹刘[2]。

一刀黄祖朱弦绝，万里沧江白荻秋。

几度思量终不解，三番两次要输头[3]。

注释

[1] 儿郎分大小："唯善鲁国孔融及弘农杨修，常称曰：'大儿孔文举，小儿杨德祖，馀子碌碌，莫足数也。'"（《后汉书·祢衡传》）

[2] 藐曹刘：曹操欲见祢衡，"而衡素相轻疾，自称狂病，不肯往，而数有恣言。"曹"大会宾客"，衡"裸衣而立"，曹曰："本欲辱衡，衡反辱孤。""表及荆州士大夫"对祢

衡"甚宾礼之"。"表尝与诸文人共草奏章",衡"开省未周,因毁以抵地,表怅然为骇。"(《后汉书·祢衡传》)

[3]输头:祢衡对曹操出言不逊,张辽"掣剑欲斩之",曹操曰:"此人素有虚名,远近所闻,今日杀之,天下必谓我不能容物。"——这是一次"输头";祢衡到刘表处,有人对刘说:"祢衡戏谑主公,何不杀之?"刘表曰:"祢衡数辱曹操,曹不杀者,恐失人望;故令作使于我,欲借我手杀之,使我受害贤之名也。"——这是第二次"输头";祢衡到黄祖那里,醉后又辱黄祖:"汝似庙中之神,虽受祭祀,恨无灵验。"黄祖杀了祢衡。——这是第三次,终于把头输掉。

临潼古迹，次壁间郭沫若[1]韵（1964）

楼台万树苍，一水祸[2]前唐。

秦冢无胡亥，鸿门惜项王。

亡幽因举火，捉蒋似牵羊。

谁可方扁鹊，使人寿且康。

诗事

郭沫若《华清池》诗："骊山云树郁苍苍，历尽周秦与汉唐；一脉温泉流日夜，几抔荒冢掩皇王；已驱硕鼠歌麟凤，定复台澎系犬羊；捉蒋亭边新有路，游春士女乐而康。"

1964年9月17日起，聂绀弩以普通话推行委员会委员身份，参加在西安举行的普通话教学成绩观摩会十余日。这期间游览临潼古迹，郭沫若《华清池》诗刻石镶嵌在墙壁间，按郭诗韵及韵脚次序写了这首诗。此首见于陈迩冬存作者手迹。

注释

[1]郭沫若：中国现代杰出的作家、诗人、历史学家、剧作家、考古学家、古文字学家、著名的社会活动家。四川乐山人。历任政务院副总理、中国科学院长等职。

[2]水祸：祸水，伶玄撰《赵飞燕外传》："（汉成帝）使樊进合德（赵飞燕妹）……宣帝时披香博士淖方成，白发教授官中，号淖夫人，在帝后唾曰：'此祸水也，灭火必矣！'"

赠・答 ─────────

步酬查九[1]寒斋题壁

忆水南门十字街[2]，儿时相逐跃台阶。

胡然初白玉堂叟，下顾三红金水斋[3]。

四境鸡鸣无狗盗，两生鸽异对狐谐[4]。

龙蛇走壁风雷吼，知是尊诗抑鄙怀。

注释

[1] 查九：名慧九（排行第九），字可恩，湖北京山城关水南门人。1949年前曾任国民政府军政部专员、正和银行课长、兵役部部附、国防部兵役局专员。1949年后在湖北社科工作协会及中南大学工作和学习。曾任浠水县土改工作队队员、中南人事部三反五反队员。1952年任广东省政府参事室研究员。1953年到广东省府做总务、秘书工作。

后任省府第一干部中学历史教员、第二干部中学语文教员。1976年3月24日病逝于成都。

〔2〕十字街：湖北京山县城内地名。

〔3〕三金红水斋：聂绀弩：友人给我取一斋名"三红金水斋"，以斋中有《三国》《红楼梦》《水浒传》《金瓶梅》等小说。次序无意义。或包括《三言》《聊斋志异》。

〔4〕鸽异、狐谐：《鸽异》《狐谐》皆《聊斋志异》篇名，此处借用字面为趣，与原文无涉。

夏公[1]赠八皮罗士

八皮罗士[2]产苏联，长者深情不夜天。

冻笔封题签夏衍，寒梅消息报春先。

梦中披荔来山鬼[3]，案上凌波供水仙。

绕屋彷徨终一试，月光如水复如烟。

诗事

　　夏衍《绀弩还活着》："很多人不知道我为什么要送烟
给他，正是我听说他不小心失火是由于抽烟，这才送他烟抽。"

注释

[1]夏衍：原名沈端先，浙江杭州人。1955 年任中华人民共和国文化部副部长。1966—1974 年，被"四人帮"逮捕，关押 8 年零 7 个月。1978 年任五届全国政协常委、中国文联副主席、中日友好协会副会长、文化部顾问。

[2]八皮罗士：原苏联产，一种长嘴烟卷的俄文音译。

[3]披荔：指薜荔。也叫木莲、"鬼馒头"。山鬼：屈原《九歌·山鬼》："若有人兮山之阿，被薜荔兮带女萝。"山鬼即山间女神。鬼是精灵之意。屈原这里说的是一位缠绵多情的山中女神。

步酬怀沙[1]以诗勖戒诗（1960）

画虎难成改画蛇，斑斑蛇足暮栖鸦。

人嗤蝴蝶初干句[2]，自宝酴醾欲谢花。

留一狂夫天意厚，白双老眼帽檐斜。

从今只赋门前雪，不管皤然两鬓华。

诗事

　　张友鸾《聂绀弩诗赠周婆》："二十年前就有人劝他少
作诗，'牢骚太盛防肠断'嘛。他无言，似乎接受意见。过
几天诗兴又来了，哪里忍得住，'头断'也不管，何况几寸
肠子乎？他在被祸的前夕，有那么多'内查外调'的，遍处
搜查他往来的朋友，看看有没有他的诗，简直要给他编一本
'诗账'。（苏东坡诗集自注：'仆以诗得罪，有司移杭，

取境内所留诗：杭州供数百首，谓之诗账。'）旋则关在山西牢里，总该不作诗了吧？谁知技痒难熬，还是自吟自唱。有一首的颔联两句道：'文章信口雌黄易，检讨交心坦白难。'不但传了出来，而且传到了北京。熟悉的朋友，都能确定'货真价实'是他所作。这还是四五年前的事，大家当时都替他捏一把汗。他回京之后，曾把全诗念给朋友们听。可是谁传出来的，怎样传出来的，却是个谜。"文怀沙1987年12月2日给侯井天的信说："你要知道，时为一九六〇年，'岁在庚子'——祖国自然灾害极为深重之秋，聂公被划为'右派'已吃了三年苦头——'白双老眼帽檐斜'的年代。"

注释

[1] 文怀沙：号燕堂，另署王耳。祖籍湖南衡阳。建国后曾任人民文学出版社古典文学编辑，北京师大、中央音乐学院、中央美术学院教授。著作有《屈原集注》《屈原九歌·九章·离骚·招魂今译》等。

[2] 蝴蝶初干句：清人全祖望、朱骏声均作过《干蝴蝶》诗，鲁迅曾讥之。朱正注引袁枚《随园诗话》卷四记颜懋伦嘲屈复语："足下诗，有《书中干蝴蝶》二十首，此委巷小家子题目，李杜集中可曾有否？屈默然惭。"

步酬敏之[1]见怀

天下文名曾子固[2]，忽颁佳句动衰颜。

清猿我自啼三峡，明月君来照一滩。

除夕岁朝添活火[3]，悬崖空谷访幽兰。

天安门外常来往，始证人间路正宽。

诗事

　　曾敏之 1988 年 10 月 18 日给侯井天的信中说：聂绀弩从山西获释回北京之时"适逢他七十生辰，故赠一诗。他收到后十分高兴，即步我的原韵复信寄来"。

　　曾敏之《遥寿绀弩京华一律》："遥望京华忆脱骖，风霜半纪损朱颜。昔曾走马红都路，后聘文思黄浦滩。漠漠北荒吹短笛，悠悠汾水赋幽兰。有容无外天难老，知倚松梅醉境宽。"

注释

[1]曾敏之：1917年生，现代作家、记者。祖籍广东，后落籍广西罗城。1955年参加广东省作家协会。1960年任暨南大学中文系副教授、《文艺报》特约记者。1978年任香港《文汇报》代总编辑。1979年加入中国作家协会。现为香港作家联会会长。著有《盐船》《拾荒者》《闻一多的道路》《十年谈判的周恩来》《鲁迅在广州的日子》《谈红楼梦》《岭南随笔》《望云集》《读诗札记》等。

[2]曾子固：名巩，字子固，北宋文学家，江西南丰人。善写散文，为"唐宋八大家"之一，著有《元丰类稿》。这里借曾姓指曾敏之。

[3]添活火：聂绀弩自注：谓曾诗是雪中送碳。《意大利建国三杰传》第四节："屏居於斗室暗澹之中，一灯凄凉之下，日夜慷慨淋漓，伸纸吮笔，然胸臆中炎炎千丈之活火，著书草论，指天画地，策方略散诸各地。"

瘦石六十（1979）

万马奔腾六秩翁[1]，酒酣泼墨纸生风。

骅骝骐骥昂其首，驰骤纵横荡我胸。

本住江南烟景好，一巡冀北马群空。

何时得间来描我，古道斜阳跛且聋。

诗事

　　1945 年 10 月 24 日重庆中苏文化大会开幕时，举行柳亚子诗尹瘦石画联合展览，毛泽东为《新华日报》特刊题了"柳诗尹画展特刊"。1957 年尹瘦石被划为右派。

　　包立民《聂绀弩与尹瘦石的诗画之交》："与老聂彻底平反的差不多同时，尹瘦石自己长期遗留下来的错划'右派'问题也得到改正，党籍也得到了恢复，还出任了北京画院的副院长。这一年，他正好是六十岁。老聂为祝贺老友的六十大寿……写了一首《瘦石六十》的赠诗"。(包引聂诗，此略)"17年前老尹曾以《老骥伏枥图》相赠，当年的老聂对自己这匹老骥能否再行千里产生过怀疑，所以不以为然地摇了摇头。而今老尹的六十大寿，却躬逢盛世，可以大展宏图了，正所谓'骅骝骐骥昂其首，驰骤纵横荡我胸'，他为酒酣之际，泼墨挥写万马奔腾的六秩画翁而高兴欢呼，但也为犹如西下夕阳、又跛又聋的自己的老态而深感遗憾。"(见《名人传记》总 76 期)。

注释

　　[1]六秩翁：十年为一秩。此首作于 1979 年，瘦石花甲。

一缘居士[1]丈枉过失迓

主人出买青梅酒，居士来颂白雪篇[2]。

暮夜携瓶回庑下，琳琅满目落杯前。

君逢长老占三偈，我恨名贤失一缘。

何与剡溪戴安道，子猷兴尽[3]自归船。

注释

[1]一缘居士：陈铭枢，字真如，广东合浦人。保定陆军军官学校毕业，同盟会成员。北伐时任国民革命军11军军长。1927年任国民革命军总政治部副主任。1929年任国民党广东省政府主席。1930年参加对工农红军发动的"第三次围剿"。参加"一·二八"淞沪抗战，后代理国民政府行政院长。1933年参加福建成立的"中华共和国人民革命

政府"。组织社会民主党、神州国光社。赞同中共《八一宣言》。抗战胜利后参与组织民主政团同盟。任中国国民党革命委员会中央委员会常务委员。1949年出席第一届中国人民政治协商会议全体会议，建国后任中央人民政府委员、中南军政委员会副主席、全国人民代表大会常务委员会委员、中国人民政治协商会议全国委员会常务委员会委员。从政之余，雅好翰墨。与友人合撰《海南岛志》。擅长书法。

〔2〕白雪篇：宋玉《对楚王问》："其为《阳春》《白雪》，国中属而和者不过数十人。"

〔3〕子猷兴尽：刘义庆《世说新语·任诞》："王子猷居山阴，夜大雪……忽忆戴安道，时戴在剡，即便夜乘小船就之。经宿方至。造门不前而返。人问其故，王曰：'吾本乘兴而行，兴尽而返，何必见戴。'"

赠老梅[1]

你也来来我也来，一番风雨几帆歪。

刘玄德岂池中物[2]，庞士元[3]非百里材。

天下祸多从口出，号间门偶向人开。

杂花生树群莺乱，笑倒先春报信梅。

诗事

梅洛1991年4月30日给侯井天的信中说："'祸从口出'是指有些人因为被诬为有'反革命言论'而入狱的。号间门偶尔开启，可能是指偶尔有人被提出去调号子，或释放或转送别处……'群莺乱'是指良莠杂处，表现各异吧。"

注释

[1] 老梅：梅洛。1918 年生于浙江，高中肄业，抗战前夕参加革命。曾任国家物资总局科教局局长。

[2] 池中物：《三国志·吴志·周瑜传》："周瑜谓孙权曰刘备以枭雄之姿，而有关羽、张飞熊虎之将，必非久屈为人用者……恐蛟龙得云雨，终非池中物也。"

[3] 庞士元：名统，字士元，刘备的谋士，初与诸葛亮齐名，号凤雏。刘备领荆州，任他为耒阳令，在县不治事。吴将鲁肃与刘备书："庞士元非百里材也，使处治中别驾之任，始当展其骥足耳。"

迩冬[1]五十

题诗今已满江湖，高适[2]此年句有无？

天下文章几人好？　桂林山水一峰孤。

惯将新酒旧瓶意，画出沧江红日图。

自捋虎须[3]嗟弱小，谁云大事不糊涂[4]。

诗事

　　陈迩冬："第七句'虎须'是指我的胡须，当时我留着胡须。"

注释

〔1〕陈迩冬：广西桂林人。现代作家、诗人、教授。原名陈钟瑶。20 世纪 30 年代开始写作。入广西大学。1942年与柳亚子唱和。1947 年任广西师范专科学校教授兼广西艺术馆主任，后往香港。1949 年参加第一次全国文学艺术界代表大会，加入中国作家协会。任北京《新民报》副刊主编。1954 年任人民文学出版社编辑兼中央美术学院、中国人民大学教授。编著有《最后的失败》《战台湾》《李秀成》《黑旗》《九纹龙》《闲话三分》《宋词略说》《它山室诗话》《读〈红楼梦〉零札》等。

〔2〕高适：唐诗人，有《高常侍集》。

〔3〕捋虎须：《三国志·吴志·朱桓传》裴松之注引张勃《吴录》："桓奉觞曰：'臣当远去，愿一捋陛下须，无所复恨。'（孙）权凭几前席，桓进前捋须曰：'臣今日可谓捋虎须也。'权大笑。"后因以"捋虎须"喻撩拨强有力者，谓冒风险。

〔4〕大事不糊涂：《宋史·吕端传》："太宗欲相端。或曰'端为人糊涂'。太宗曰：'端小事糊涂，大事不糊涂。'决意相之。"

赠雪峰[1]

书买《五百零四峰》[2]，情关画虎与雕虫。

娟娟月影来相照，恰恰君颜别又逢。

万里关山诗思涩，十年风雨故人同。

平生正坐无高着，看到绝棋更动容。[3]

注释

[1]冯雪峰：原名冯福春，浙江义乌人。1921年与友人组织湖畔诗社。1925年开始翻译工作。1927年加入中国共产党。1928年认识鲁迅。先后任中共中国左翼作家联盟党团书记、中共上海中央局文委书记、中共江苏省委宣传部长。同鲁迅一起领导左翼文艺运动和反文化"围剿"。1933年到瑞金任中央党校副校长。参加长征。在陕北红军大学和

中央党校工作。1936年被派往上海，任中共中央上海办事处副主任。支持、帮助鲁迅。1941年被捕，关上饶集中营二年。抗战期间写了大量文艺论文、诗歌、寓言。建国后任中国文学艺术界联合会全国委员会常委、中国作家协会副主席和党组书记、《文艺报》主编、人民文学出版社社长兼总编辑。第一届全国人民代表大会代表。有《雪峰文集》四卷。

〔2〕《五百零四峰草堂诗抄》黎简著。

〔3〕聂绀弩致高旅："《赠雪峰》'险棋''动容'，因他赠我有《观棋》一首，并谓某些事即使我辈去做亦未必好，故云耳。"

赠周婆[1]（二首）

一

添煤打水汗干时，人进青梅酒一卮。

今世曹刘君与妾，古之梁孟案齐眉。

自由平等遮羞布，民主集中打劫棋。

岁暮郊山逢此乐，早当腾手助妻炊。

二

探春千里情难表，万里迎春难表情。

本问归期归未得，初闻喜讯喜还惊。

桃花潭水深千尺，斜日晖光美一生。

五十年今超蜜月，愿君越老越年轻。

诗事

聂绀弩 1977 年 3 月 1 日致陈迩冬："近日作赠周诗二首，亦颇自得。舒公则估价太高，论时竟提及微之、易安、放翁。舒公（即舒芜）对拙作时有论评，所论瑕瑜互见。瑕，溢美过甚；瑜，道得着，说得出，对我颇有教益。"

惊闻海燕[1]之变后又赠

愿君越老越年轻，路越崎岖越坦平。

膝下全虚空母爱，心中不痛岂人情。

方今世面多风雨，何止一家损罐瓶。

稀古妪翁相慰乐，非鳏未寡且偕行。

诗事

这首诗写于知道海燕之变后当天夜里。第二天早晨，周颖进聂卧室，"只见绀弩面朝墙睡着，半边枕上犹有湿痕。桌上的烟盒空了，地上有一堆烟头。笔筒压着一张薛涛笺纸，纸上是一首七律。"

顾学颉《杂谈聂绀弩诗》："'方今世面多风雨，何止一家损罐瓶'可作十年动乱，亿万人家遭劫难（除极少数人

例外）的总结语看待。"（见 1992 年第 4 期《随笔》）

注释

[1]海燕：聂绀弩、周颖的独生女。1936 年 12 月 25 日生，1976 年 9 月自杀，生前为民族舞蹈演员，遗一儿一女。

聂绀弩《婵娟·父性》："同居十年才有这个孩子。""在肚子里就参加过鲁迅的葬仪。""我说：那就叫'海燕'。我并没有想到她真是暴风雨的象征，只是因为春天里和几个朋友办过一个刊物，那刊物的名字叫《海燕》。"

遇有光[1]西安

黄河之水自天倾，一口高悬四座惊。

何处相逢谈兴少，片时不见旅愁生。

人讥后补无完裤[2]，我恐先生是岁星[3]。

举碗自谦茶博士，乐游原[4]上马蹄轻。

诗事

　　周有光给侯井天的信："1964 年 8 月 17 日在西安举行'普通话教学成绩观摩会'，绀弩同志和我都是'普通话推行委员会'的委员，一同担任'评比委员'工作，每天同住同吃，有如同校同学，早夕谈笑，满屋春风。我穿一条西装裤，是我解放初期回国的时候带回来的，破了补上两个补丁，很像今天青年裤子上故意补的补丁。上身穿当时一律的蓝布人民装。看上半不看下半，很像样；一看下半，露出了马脚：不中不西、半旧半新！于是成了谈笑资料。这就是他诗中所讲的'候（后）补'。我给同室朋友们的茶杯里冲开水，一位朋友偶然问我是什么博士，我联想从前茶馆中冲开水的茶博士，于是应声说：茶博士。同室大笑！这就是他诗中所讲的'茶博士'。"周有光 1994 年 3 月 28 日给侯井天的信中说："我这里的作者原稿，中间两联是'何处相逢谈兴扫，片时不见旅愁生；人讥后补无完裤，此示先生少俗情'。"

注释

［1］周有光：江苏常州人，原名周耀平。语言文字学家。就读于上海圣约翰大学，后转入光华大学读钱币史，1927 年毕业。20 世纪 30 年代留日，40 年代去美进修。1949 年回国，先后在复旦大学、上海财经学院任教授。曾任中国文字改革委员会研究员兼人民大学语言文字研究所研究生导师、中国语言学会理事、北京语言学会顾问、全国高等学校文字改革学会顾问，全国政协委员兼教育组副组长。著有《中国拼音文字研究》《字母的故事》《汉字改革概论》《中国语言的现代化》等。

［2］后补无完裤：聂绀弩：周裤有补巴，倪海曙同志笑其为"后补"（候补）。

［3］岁星：每十二年在空中绕行一周，每年移动周天

的十二分之一,以岁星所在的位置,作为纪年的标准。即木星。朱正注引《汉武故事》:东方朔"是木帝精为岁星,下游人中,以观天下,非陛下臣也"。

[4]乐游原:汉、唐长安游览胜地。汉宣帝在此建乐游苑,辟为休息之地。唐代建城时将乐游原西北部围入城内。高宗时太平公主在原上建亭游赏,玄宗时赐与宁、申、岐、薛诸王。此原地势高爽,每逢三月三、九月九,京城士女多到此登高游览,文人墨客尤多赋咏。

秦似[1]夜话

友谊诗情卅载强，奇肥怪瘦话连床。

昔人无字无来历，今子一言一慨慷。

仰望银河星欲滴，回思野草[2]意方长。

高谈未已靐雷作，悄把天花[3]扫入囊。

诗事

宋云彬《桂林日记》："（1940年5月19日）偕林山进城，去开明，访孙陵于文协会，六时应《力报》聂绀弩之邀，去美丽菜馆，来客甚多，与夏衍等畅谈。（5月20日）午后进城，应夏衍之邀也。在东坡酒家小饮，商谈出一专载杂文之期刊，座有王石成、秦似及绀弩。（8月1日）日记中断了半月……这半月内颇有几桩值得记的事情……替秦似解决了《野草》

月刊的出版问题……"（见《新文学史料》2000 年第 3 期）

注释

[1] 秦似：广西博白人。原名王扬。现代作家、教授。1947 年加入中国共产党，1949 年进入东江解放区，建国后任广西壮族自治区文联副主席、文化局副局长、政协副主席、广西大学教授。译著十数种。

[2]《野草》：聂绀弩与秦似曾在桂林同编《野草》文学月刊（1940 年 8 月 20 日创刊）。秦似任主编，夏衍、孟超等任编辑。以提倡和发表短小精悍的杂文、时评为其特色，兼登短篇创作、评论和翻译，揭露国民党的黑暗统治。1943 年 6 月 1 日出版五卷五期后，因当局的压迫停刊。共出二十九期。1946 年 9 月 1 日于香港复刊，续出新一号，新六号起改称《野草》丛刊。1948 年 6 月出新十号后停刊，共出十期。《野草》的刊名是聂绀弩提出，大家一致通过的。

[3] 天花：《维摩诘经·观众生品》："时摩诘室有一天女，见诸大人闻听说法，便现身，即以天华（花）散诸菩萨大弟子上，华（花）至诸菩萨即堕落，至大弟子便着不堕。"

题《宋诗选注》并赠作者钱钟书[1]（1961）

诗史诗笺岂易分，奇思妙喻玉缤纷。

倒翻陆海潘江水[2]，淹死一穷二白文。

真陌真阡真道路，[3] 不衫不履不头巾。[4]

吾诗未选知何故，晚近千年非宋人。

诗事

罗孚编《聂绀弩诗全编》，笺云："据文怀沙信云聂在
我家看到钱送我的诗有非陌非阡非道路（用《南齐书·张融
传》典），亦狂亦侠亦温文（用龚定庵句）一联，第二天送
来他题《宋诗选注》一律。"

吴学昭《听杨绛谈往事》283、284页："胡乔木说，选
注精当，有独到之处，是一部难得的选本；周扬……亦赞许《选

注》，还有人称这是'那年头唯一可看的有个性的书。'""然而……出版不久即遭遇'拔白旗'运动，批判文章纷纷出笼……声讨钱锺书在《宋诗选注》中的资产阶级观点。""白旗拔得正热闹时。""日本汉学泰斗、宋诗专家吉川幸次郎对《宋诗选注》非常重视，推崇备至。小川环树对此书也交口赞誉，撰文推荐，说……'注释和简评特别出色，由于此书的出现，宋诗文学史很多部分恐须重写。'""对钱钟书的批判旋即偃旗息鼓。"

据文怀沙信云，聂绀弩送他题《宋诗选注》一律，后四句是："亦陌亦阡亦道路，不衫不履不头巾。早知吾句无人识，七百年前赠宋人。"

注释

[1]钱钟书：江苏无锡人。1933年毕业于清华大学，1937年起先后在英国牛津大学、法国巴黎大学攻读文学。归国后曾任昆明西南联合大学、上海暨南大学教授。1949年后任清华大学教授，北大文学研究所、中国社会科学院文学所研究员、中国社科院副院长。著有《围城》《谈艺录》《宋诗选注》《旧文四篇》《管锥篇》《七缀集》《感觉、观念、思想》《槐聚诗存》《写在人生边上》等。

《宋诗选注》：钱钟书选注，1958年9月人民文学出版社出版，1992年第七次重印。共选注80人之诗293首。有选注者一篇论宋诗的长 24 页的《序》。全书 299 页。

　　［2］陆海潘江：钟嵘《诗品》卷上："陆才如海，潘才如江。"

　　［3］一穷二白：毛泽东《论十大关系》十："我曾经说过，我们一为'穷'，二为'白'。'穷'，就是没有多少工业，农业也不发达。'白'，就是一张白纸，文化水平、科学水平都不高。"

　　［3］《南齐书·张融传》："（张融论文）政以属辞多出，比事不羁，不阡不陌，非途非路耳。""吾无师无友，不文不句，颇有孤神独逸耳。"

　　［4］不衫不履：李昉等编辑《太平广记·虬髯客传》："不衫不履，裼裘而来，神气扬扬，貌与常异。"

　　头巾：明代时规定给读书人戴的儒巾。

122

喜晤奚如[1]（1964）

各经风雨未同舟[2]，忽漫相逢楚水秋。

曾是塞翁因失马，来看织女会牵牛。

一谈龙虎风云会[3]，顿觉乾坤日夜浮。

笑尔希文未当国[4]，却于天下事先忧。

诗事

孙希曙《绀弩与故乡》："（吴奚如）一九四二年延安整风时，他被点名批判，所指罪名，实属莫须有。他不堪忍受，愤而退党。后来随军解放东北，充任东北总工会主席（侯井天：实为生产部长），卒因退党问题，不能久于其位，旋调任湖北省文联主席，偕其新婚妻子，回到故乡。"

注释

　　[1] 奚如：湖北省京山县人。1926 年黄埔军校毕业，任叶挺独立团政治处副主任，参加北伐战争、南昌起义，任中共湖北省委军委代书记。1928—1932 年被捕入狱。1933 年加入中国左翼作家联盟，担任鲁迅和党中央联系的承转人。奉命主编张学良属《文化周报》。西安事变后到延安，任抗日军政大学第一期政治教员；任中共长江局书记周恩来的政治秘书、任八路军驻桂林办事处主任、新四军第三支队及江北纵队政治部主任。1946 年任山东省文协常委，后任松江省总工会主席、东北总工会生产部长。1979 年出席第四次文代会。任湖北政协常委。有《吴奚如小说集》。

　　吴奚如是聂绀弩的入党介绍人。

　　[2] 风雨同舟：《孙子・九地篇》："夫吴人与越人相恶也，当其同舟而济，遇风，其相救也如左右手。"

　　[3] 风云会：风云际会。《后汉书・耿纯传》："大王以龙虎之姿，遭风云之时。"《旧五代史・晋书・列传第四》："越莹际会风云。"杜甫《登岳阳楼》："吴楚东南坼，乾坤日夜浮。"

　　[4] 希文：宋范仲淹，字希文。

　　当国：《左传》襄公二年："于是子罕当国。"

送诗人邹荻帆[1]回天门（1962）

昔有竟陵开一派[2]，今见大句祝双桥。

汉皋烟雨天门远，秋水蒹葭怀者劳。

昼锦堂[3]高迎彩笔，夜光杯好酌诗豪。

几时重返京城去，捆载民风谱颂谣。

注释

[1] 邹荻帆：诗人，湖北天门人。1938年参加发起成立中华全国文艺界抗敌协会。1944年毕业于复旦大学经济系。曾任《华商报》编辑。1949年加入中国共产党。建国后任文化部对外文化联络局联络处长，《文艺报》副秘书长，《世界文学》编辑部主任，《诗刊》副主编、主编，中国作协第四届理事。著有长诗《木厂》、诗集《都门的抒情》、长篇

小说《大风歌》等。

[2]竟陵开一派：竟陵派，明代后期的文学流派。以钟惺、谭元春为首。两人都是竟陵人，故名。他们反对拟古，要求抒写性灵，其主张和公安派基本相同。但又以公安派的作品有浮浅之弊，企图以幽深孤峭的风格矫之，以致流于艰涩。

[3]昼锦堂：位于河南安阳古城内东南营街。是宋代三朝宰相韩琦回乡任相州知州时，在州署后院修建的一座堂舍。并据《汉书·项籍传》的"富贵不归故乡，如衣锦夜行"之句，反其意而用之，故名"昼锦堂"。

春日撰红文未竟，偶携《新证》登香山，
置酒，对榆叶梅读之，
用雪芹郊行韵，寄汝昌诗兄[1]

客不催租亦败吟，出门始觉早春深。

经旬走笔足红意[2]，半晌坐花心绿阴。

山鸟可呼杯底语，我书恨待卷中寻。

不知榆叶梅谁似？漫拟迎探薛史林[3]。

诗事

周汝昌《砚霓小集·缘深缘浅话难明——忆绀弩老》："记不清是哪一年了。忽然收到他的一封信，打开看时，却是一纸诗笺，诗是一首七律，题目是这样写的——'香山榆叶梅下小酌读红楼梦新证寄汝昌诗兄。'"侯井天：周汝昌

1954 年调入人民文学出版社，此诗当写于此后。

周汝昌《天·地·人·我》第 36 页："这真是千古第一奇题奇句。""奇在何处？你看他字字句句，一心不离开《红楼梦》，虽不必说他这是'奇怀道韵'，也够得上一个'风流文采'了。大约从乾隆年以来，无人在那样一种情景之下写出过那么一首诗来。""诗之奇，还在于他的字法句法，迥异于一般'诗作'的平庸陈旧，俗套常言；而是摆脱老调，力创新文——走的是宋诗一路。只读唐诗的人是不大习惯、'接受不了'的。""例如'走笔'与'坐花'，成为妙对。'走笔'还可见今人犹有会用这种传统汉文的；至于'坐花'，那就'瞠目结舌'，茫然不知所云——遑论其味了。""聂老的'坐花'大有诗趣诗味了。''坐花'奇不奇？难道你以为他'坐'在榆叶梅之'枝头'上吗？""然后，你再看那一'足'一'心'，尤其绝妙诗人字法。""这儿有巧用。'足'本可作'足成''补足'之助动词用；但他故意以'心'对仗之（都是人体部位名称），而'心'在这儿就不是'名'而转为'动'了。""'心绿阴'，是写心境感受。汉语文的'活'而不死，多属此例。""聂老此诗是全在表现他的'红学探佚学'的热情与痴情的。""他说的'足红意'，就是指'要把雪芹《红》书的佚书找回来'——'足'是'完足'之义。""这就是他那首诗的背景。""评者大抵从他的诗格之奇而着眼，我则愿意多体会一些诗心的细微精妙之处，如上文所举，'走'与'足'在一起，'坐'与'心'在一起，便又起了更丰富的'诗心匠意'之美的作用——这是诗人的个性独到，也是中华汉文的特性奇妙之难以伦比。""诗曰：兄云'三耳'是知音，赠我诗篇意最深。《水浒》罢研红学挚，香山梅下细思寻。"

注释

　[１]《新证》:《红楼梦新证》,周汝昌著,1953 年初版,
1976 年人民文学出版社出版重排本,上下两卷 1200 页。

　榆叶梅:落叶灌木或小乔木,供观赏。

　雪芹《郊行》韵:曹雪芹原诗题为《西郊信步憩废寺》,
已佚。《红楼梦新证》一书引张宜泉《春柳堂诗稿·和曹雪
芹西郊信步憩废寺原韵》:"君诗曾未等闲吟,破刹今游寄
兴深。碑暗定知含雨色,墙颓可见补云阴。蝉鸣荒径遥相唤,
蛩唱空厨近自寻。寂寞西郊人到罕,有谁曳杖过烟林。"可
见雪芹诗原韵也是"吟、深、阴、寻、林"五字。

　周汝昌:1918 年生,天津人。1939 年入燕京大学西语系,
毕业后入中文系研究院,1952 年毕业。曾任中国艺术研究
院研究员兼顾问、第五、六届全国政协委员、中国《红楼梦》
学会顾问。著有《红楼梦新证》《曹雪芹》《献芹集》《石
头记鉴真》,主编《红楼梦词典》。

　[２]足红意:周汝昌《花·木·城池》:'足红意',
是指正在写研讨《红楼梦》八十回后雪芹原书情节的论文。
'足'与'心',巧对活用(见《八方集》116 页)。

　[３]迎探薛史林:《红楼梦》人物:迎春、探春、薛宝钗、
史湘云、林黛玉。

和何满子卢鸿基[1]（1982）

不是风流是泪流，此身幸未辟阳侯[2]。

谁知吕枕[3]千场梦，尚忝秦坑一颗头。

易水寒风[4]悲壮士，双溪[5]小艇怯春愁。

英雄儿女心中事，化作卢何一唱酬。

诗事

　　何满子 1988 年 2 月 22 日给侯井天的信中说："（19）79 年我得到油印聂诗一卷，写信问他，他给我寄来了香港出版的《三草》，我即以诗谢之。适卢鸿基在我处，因和一首，我将两诗寄绀弩，他也寄来和章。"

　　何满子 1988 年 2 月 22 日给侯井天的信中抄有《酬绀弩赠诗集〈三草〉》："先生越老越风流，千首诗轻万户侯。

不独文章惊海内，更奇修炼出人头。如柴霍甫笑含泪，胜阮嗣宗酒避愁。我亦新闻转古典，自惭才短难为酬。"卢和何赠聂："真是风流会泪流，三杯酒赐醉乡侯。诗无定律方无价，句有成规亦有头。泛海能知天地阔，对民空发古今愁。怜君痛极悲儿女，我也多情任笔酬。"

何满子《聂绀弩诔词》："我惊讶地发现他的旧诗竟写得如此别开生面。""读他的《散宜生诗》，记近二十年播迁生涯中的感情，便可看出他逆来顺受，落落大度的胸怀。他将自己身受的一切紧紧埋葬在心底，而出之以旷达和诙谐，可是又确非他自己所说的'阿Q精神'。我所看到的他稍带悲愤、有点金刚怒目式的诗，只有一九八二年给已故卢鸿基教授和我的一首步韵七律。"（何引聂诗，此略）

注释

［1］何满子：浙江富阳人，原名孙承勋。解放前从事新闻及教学工作。解放后因"胡风案"被捕，后又被错划为"右派"。曾任上海古籍出版社编审、上海师范大学文学研究所教授。宁波大学兼职教授，上海文学会顾问。有《论〈儒林外史〉》《论金圣叹评改〈水浒传〉》《论蒲松龄与〈聊斋志异〉》等论著与杂文集二十几种。

卢鸿基：海南岛琼海人，曾参加鲁迅组织的一八艺社，先攻木刻，后攻雕塑、洋画。曾在郭沫若领导的（重庆）中央文学会工作。解放后任浙江美术学院教授，中国共产党党员。遗稿40万字、诗词200余首、粉画300余幅。大连苏军纪念碑苏军铜像是他雕塑方面的代表作。

［2］辟阳侯：审食其封号。辟阳县名。审食其，西汉沛县人。初任汉高祖舍人，与吕后同时为项羽所俘，渐为吕后所亲信，吕后时任左丞相，公卿皆因而决事，权势很大。文帝立，他被免去相位，后为淮南王刘长所杀。

［3］吕枕：沈既济《枕中记》："开元七年，道士有吕翁者，将神仙术，行邯郸道中，息邸舍，俄见旅中少年，乃卢生也。""亦止于邸舍中，与翁共席而坐。""时主人方煮黍，翁乃探囊中枕，以授之，曰：'子枕吾枕，当令子荣适如志。'……生俛首就之。"于是梦中良田、甲第、佳人、名马，不可胜数，五十年后衰迈而死。"卢生欠身而寤，见其身方偃于邸舍，吕翁坐其旁，主人蒸黍未熟，触类如故，生蹶然而兴，曰：'岂其寐也？'翁谓生曰：'人生之适，亦如是矣！'"

［4］易水寒风：《战国策》荆轲《易水歌》："风萧萧兮易水寒，壮士一去兮不复还。"

［5］双溪：由永康、东阳两港之水流到金华城东南后并入婺江，在两水交汇处的一段，名叫双溪。李清照《武陵春》："闻说双溪春尚好，也拟泛轻舟，只恐双溪舴艋舟，载不动，许多愁。"

感·念 ——————————

挽老舍[1]

骆驼祥子我曾耽，茶馆何人不讲谈。

君以一尸谏天下，世惊虎吼跃龙潭。

注释

[1] 老舍：原名舒庆春，北京人，满族，现代作家。五四运动时期开始创作活动。1924 年任英国伦敦大学东方学院华语教员。1930 年任济南齐鲁大学、青岛山东大学教授。抗日战争时期在武汉、重庆主持中华全国文艺抗敌协会工作。1946 年赴美讲学。1949 年应周恩来总理邀请回国。1950 年北京市授予"人民艺术家"称号。曾任全国人民代表大会代表、中国作家协会副主席、北京市文联主席。有《老舍文集》14 卷。

挽雪峰（二首）

一

狂热浩歌[1]中中寒，复于天上见深渊。

文章信口雌黄[2]易，思想锥心坦白难。

一夕尊前娄尾酒[3]，千年局外烂柯山。

从今不买筒筒菜[4]，免忆朝歌老比干[5]。

注释

[1] 狂热浩歌：鲁迅《野草·墓碣文》："于浩歌狂热之际中寒……于天上看见深渊。"

[2] 信口雌黄：刘俊《广绝交论》："雌黄出其唇吻。"李善注引《晋阳秋》："王衍能言，于言有不安者，辄更易

之，号曰'口中雌黄。'"信，随意、任凭。雌黄，即鸡冠石，一种黄赤色矿物，可制颜料。古时写字用黄纸，写错了用雌黄涂抹后重写。

〔3〕媻尾酒：苏鹗《苏氏演义》下："今人以酒巡匝为媻尾。又云：'媻，贪也。'谓处于座末，得酒贪媻。"

〔4〕筒筒菜：蕹菜，也叫无心菜、空心菜。

〔5〕比干：史上著名忠臣。商王太丁之子，辅政帝辛（纣王）。纣王暴虐荒淫，横征暴敛，比干叹曰：主过不谏非忠也，畏死不言非勇也，过则谏不用则死，忠之至也。遂强谏三日不去。王问何以自恃？干曰：恃善行仁义，所以自恃。王怒曰："吾闻圣人心有七窍，信有诸乎？"遂杀干，剖视其心。

许仲琳编《封神演义》第二十六、二十七回：纣王听了妲己的话，要挖忠臣比干的心给妲己吃——据说可以治妲己的病。比干大骂昏君纣王，然后自己挖出心来，却没有死。骑马出午门往北跑去，约走五六里路时，听路旁有一妇女叫卖"无心菜"。比干对卖菜人说："菜无心必死，人要是无心，将怎么样呢？"那卖菜人说人无心即死。比干大叫一声，跌下马来，立即死去。

二

天色有阴必有晴，物如无死定无生。

天晴其奈君行早，人死何殊睡不醒。

风雨频仍家国事，人琴一恸辈行情。

枕箱关死千枝笔，忆鲁全书未著成。

诗事

侯井天：冯雪峰 1976 年 1 月 31 日逝世，聂绀弩同年
10 月被释回京，1976 年 12 月 21 日手录《挽雪峰前辈四首》
给舒芜。（据舒芜《记聂绀弩谈诗遗札》）1979 年 4 月 4 日，
中共中央批准《关于冯雪峰同志"右派"问题的改正决定》，
恢复了冯雪峰的党籍和政治名誉。

挽云彬[1]

尊前小户不干杯，受子犹输棋偶围。

山水相逢天下甲，文章小可我兄推。

在京多少人憔悴，与子三千年久违。

读破诗书撑破肚，愁看腹笥[2]火成灰。

注释

[1] 宋云彬：浙江海宁人。文学史家，教授。1924 年在黄埔军校编《黄埔日报》。1930 年任开明书店编辑，整理朱起凤巨著《辞通》并作《跋》。1937 年在武汉军委政治部第三厅工作，后到桂林任教于广西师院，并与友人同编《野草》。1945 年抗战胜利后去重庆，主编民盟刊物《民主生活》。1947 年去香港。1949 年到北京。建国后到出版

总署工作。1952年任浙江省政府委员、省文联主席、文史馆馆长。第一届全国人民代表大会代表，一、三、四届中国人民政治协商会议全国委员会委员。

〔2〕腹笥：笥，藏书之器。比喻满腹经纶。《后汉书·边韶传》："腹便便，五经笥。"

挽胡明树[1]

菩提非树镜非台，豹象文牙[2]岂便灾？

倨卧新诗柴积顶[3]，城门失火误延柴。

我觉青山犹妩媚，青山浼[4]我话劫灰。

桂平腊鸭沙田柚，没了诗人莫再来。

注释

[1] 胡明树：原名徐善源，广西桂平人。现代作家、诗人、文学翻译家。1929—1932 年在广州开始文艺创作活动。1934 年留日。1937 年 8 月回国在上海、广州、桂林从事创作。1946—1949 年参加民主运动，并在香港从事写作。1950—1953 年任广西文联筹委会副秘书长。1954—1957 年任广西文联副主席、民主促进会广西副主委、广西政协委员、

民进中央候补委员。1961 年从事写作。1974 年调广西图书馆。其作品数量多，体裁多样，有长篇小说、诗歌、散文、儿童文学等。出书 13 种，还翻译了外国作品。

［2］豹象文牙：朱正注引《左传·襄公二十四年》："象有齿以焚其身。"《庄子·山木》："夫丰狐文豹，栖于山林，伏于岩穴……然且不免于网罗机辟之患，是何罪之有哉？其皮为之灾也。"（侯按：《庄子·应帝王》"且也虎豹之文来田"句，郭象注曰："此皆以其文章技能系累其身。"）

［3］柴积顶：朱正注引《史记·汲郑列传》："陛下用群臣如积薪耳，后来者居上。"

［4］浼：恳托，央浼。

挽包于轨 [1]

我思闻道 [2] 耳偏聋，君以邯郸故步 [3] 封。

鬼话 [4] 三千天下笑，人生七十号间逢。

岁寒松柏 [5] 凋当后，室隘芝兰臭 [6] 更浓。

浩荡东风吹涸辙，误穿只鲤尺书胸。 [7]

诗事

　　李世强《途穷罪室，童叟无欺》："包于轨初到稷山时已不能行走……一九七一年夏病死监房的窑洞中，还在春天里，老聂曾给我看一首七言律诗，是赠包于轨的，诗云：'我思闻道耳偏聋……'（李引全诗，此略）。"

　　侯井天按：聂绀弩在 1983 年夏历端午节，为《散宜生诗》增订、注释本写的《后记》中说："包于轨瘐死了。"李世强 1987 年 6 月 21 日给侯井天的信中说："包于轨……和我们同一号房，1971 年 7 月 26 日病死狱中……草葬于狱内空地下。"

注释

[1] 包于轨：1903 年 2 月 21 日生于北京，名括，祖籍浙江绍兴。天津水产学校毕业。中华人民共和国成立前曾在天津造币厂、天津私立志达中学任职、任教。曾在日伪安徽省民政厅、天津市社会局任秘书。曾任国民党热河省府民政厅、唐山市社会局任秘书，鞍山钢铁公司副管理师。中华人民共和国成立后曾任北京市政协秘书，后调任北京市第六建筑公司工作。1957 年申请离职。曾被北京工艺美术学校聘教书法。

[2] 闻道：《论语·里仁》："子曰：朝闻道，夕死可矣。"

[3] 邯郸故步：《庄子·秋水》："且子独不闻夫寿陵余子之学行于邯郸与？未得国能，又失其故行矣，直匍匐而归耳。"聂绀弩自注：包在狱已不能步。

[4] 鬼话：侯井天：鲁西方言称把嘴凑到耳边说悄悄话叫做"鬼话"。聂绀弩年老重听，同包于轨交谈，在监号里不能高谈阔论，所以也可以把"鬼话"另解如此。

[5] 松柏：《论语·子罕》："岁寒，然后知松柏之后凋也。"

［6］芝兰臭:《周易》:"二人同心,其利断金;同心之言,其臭如兰。"

［7］鲤尺书胸:《乐府诗集·相和歌辞·瑟调曲·饮马长城窟行》:"客从远方来,遗我双鲤鱼。呼儿烹鲤鱼,中有尺素书。"

聂绀弩自注:书,原为信件,此处借作胸中有书卷。

挽王莹[1]

红氍毹上一惊鸿[2]，万里雄飞震白宫。

奴乐鞭声随处响，[3]鞭梢翔影倏无踪。[4]

老归大泽菰蒲尽，[5]露冷莲房坠粉红。

抬头忽见天边月，五十年前忆旧容。

诗事

1977年8月25日晚聂绀弩致向斯庚信中说："两小时（前）发《吊王莹》诗给你。"诗应作于当时。

146

注释

[1] 王莹：原名喻志华，又名王克勤，安徽芜湖人。少年时受继母虐待，被父亲卖给人家做童养媳，一年后逃离，由舅母收养。1928年因写信痛斥湖南省主席何键镇压屠杀群众被通缉，逃南京、上海。1930年加入中国共产党。1930—1932年在上海中国公学和复旦大学读书，积极参加话剧演出，后参加六个影、剧社团，同时写散文、诗、游记、影评。被誉为文艺明星。1934年留日。1937年组织上海救亡演剧二队，赴前线宣传抗日。1939年到香港、南洋演出，募集新加坡币1300万元，资助祖国抗日。在南洋两年，写了大量文章。1942年去美国，在贝满、耶鲁两院校学文学。在邓肯舞蹈学校学舞蹈。曾作为中国代表参加世界青年学生大会。1945年和丈夫谢和赓被美国驱逐出境。1948—1952年为两家报纸写社论、协助史沫特莱写《朱德传》。开始写小说《宝姑》。1955年回到北京，任北影编剧。1960年周恩来曾当面赞扬她在美国的工作。

[2] 氍毹：毛织的布或地毯，旧时对戏曲演出用的地毯的一种称谓。

惊鸿：曹植《洛神赋》："翩若惊鸿，婉若游龙。"后作美人的代称。

[3] 聂绀弩自注：奴乐岛见《孽海花》。

[4] 聂绀弩自注：抗日战争初期君以演《放下你的鞭子》蜚声中外。最初见君演剧是"九一八"事变前。

［5］聂绀弩自注："老归"鲁迅句；"露冷"杜甫句。

鲁迅《亥年残秋偶作》："老归大泽菰蒲尽，梦坠空云齿发寒。"

杜甫《秋兴八首》："波漂菰米沉云黑，露冷莲房坠粉红。"

浣溪沙·扫萧红[1]墓（在香港浅水湾）

浅水湾头浪未平，秃柯树上鸟嘤鸣[2]。海涯时有缕云生[3]。

欲织繁花为锦绣，已伤冻雨过清明。琴台曲老不堪听。

诗事

高旅《最后和最早》：（聂绀弩 1951 年 3 月离开香港）"他临行之前，去浅水湾吊萧红墓，写了一首词，即……《浣溪沙》一首，刊在《文汇报》上。"

注释

[1] 萧红：原名张乃莹，黑龙江呼兰人。母亲早逝。1930 年为反抗封建婚姻离家。1933 年开始创作，翌年到上海，

与鲁迅相识，过从甚密。1935年《生死场》出版，鲁迅作序。1936年去日本养病。1937年回上海。七七事变后投入救亡运动，辗转汉口、临汾、西安、重庆等地。1940年去香港。1942年1月22日在香港病逝。1981年人民文学出版社出版《萧红选集》（收小说、散文37篇，聂绀弩作序）。

[2] 嘤鸣：《诗经·小雅·伐木》："嘤其鸣矣，求其友声。"

[3] 缕云生：《聂绀弩全集》第4卷134页《在西安》题词引《西青散记》："何人会写萧红影，坐断青天一缕霞。"

再扫萧红墓（四首）之一

匍匐灵山玉女峰，暮春微雨吊萧红。

遗容不似坟疑错，碑字大书墨尚浓。

生死场慓起时懦[1]，英雄树[2]挺有君风。

西京旧影翩翩在，侧帽单衫[3]鬓小蓬。

注释

[1] 起时懦：鲁迅《生死场·序》称萧红将给读者"以坚强和挣扎的力气"。

[2] 英雄树：木棉，又名攀枝花，红棉树。

[3] 侧帽单衫：聂绀弩《在西安》："朦胧的月色布满着西安的正北路，萧红，穿着酱色的旧棉袄，外披黑色小外套，毡帽歪在一边，夜风吹动帽外的长发。"（见《聂绀弩全集》第 4 卷 135 页）

与海燕公园看牡丹，以其意成一绝句（1963）
（我素不善为绝句，存者亦少，今特存此示悼吾儿）

三十六宫万点霞，玉环飞燕共乘车。

何来白日红楼梦，贫贱人看富贵花。

诗事

聂绀弩 1963 年 6 月 2 日——"儿童节次日"致高旅："春间曾过公园看过一两次牡丹芍药之类，此等前所未有，故一奉告。"

为鲁迅[1]先生百岁诞辰而歌（二十三首）之 题《鲁迅全集》

晚熏马列翻天地，早乳豺狼噬祖先。

有字皆从人着想，无时不与战为缘。

斗牛光焰宵深冷，魑魅影形鼎上羼。

我手曾摊三百日，人书定寿五千年。

诗事

聂绀弩《鲁迅——思想革命与民族革命的倡导者》（1940年10月桂林）："鲁迅先生一生的历史就是战斗的历史""自始至终，为'人'而呐喊，战斗"。（见《聂绀弩全集》第1卷182、183页）

姚锡佩《我所认识的聂绀弩》："在创作这组《为鲁迅

先生百岁诞辰而歌》旧体诗时，他曾多次手捧《鲁迅全集》，重新阅读，敬崇地赞颂鲁迅'人书定寿五千年'。"

注释

[1]鲁迅：原名周树人。中国现代伟大的文学家、思想家、革命家。浙江绍兴人。1902年留日。辛亥革命后曾任南京临时政府和北洋政府教育部部员、佥事，兼在北大、女师大授课。1918—1926年期间接触到马列主义。1926年因支持北京学生运动，被反动当局通缉，南下厦门大学任教。同年到广州，在中山大学任教。1927年到上海，认真研究马列主义理论。1930年参加中国自由运动大同盟、左联、中国民权保障同盟。粉碎国民党文化"围剿"。1936年10月19日病逝于上海。有《鲁迅全集》20卷、《鲁迅日记》《鲁迅书信集》各两卷，并编校古籍多种。

鲁迅百岁诞辰：1981年9月，"鲁迅诞生一百周年纪念委员会"于25日上午在人民大会堂召开纪念大会。中共中央主席胡耀邦在大会上作了讲话。

姚锡佩《我所认识的聂绀弩》："我所在机关计划编辑一部《鲁迅先生百年诞辰纪念集》，我奉命去请鲁迅生前好友聂绀弩撰文。在邮电医院的病榻上写了《题〈鲁迅全集〉》的七律旧体诗。自此以后，竟然诗兴大发，不可遏止，陆陆续续写了二十余首。"

改《野草》七题为七律

题　辞

野草浅根花不繁，朝遭践踏暮芟删。

我将狂笑我将哭，哭始欣然笑惨然。

明暗死生来去际，友仇人兽爱憎间。

实时沉默空开口，天地有如此夜寒。

诗事

　　1979 年夏，聂绀弩手书诗稿交邵荃麟之女邵济安。有《小引》："荃麟同志出生入死，孜孜不倦，为党工作四十余年。其为人也，口无恶声，胸有成竹，急人之急，损己利人，抗战期间在金华、桂林、重庆等处，解放后在北京，均与之相处有日，知之较深，不幸于一九七一年受'四人帮'迫害致死。因以鲁迅先生《野草》意成诗数首，聊致哀思。工拙与关合与否，均非所计。"

1980年交《倾盖集·咄堂诗》稿，题为《挽荃麟六首·荃麟同志受"四人帮"迫害致死。以鲁迅先生〈野草〉意为诗吊之》。1984年《倾盖集》印成。删《死火》《失掉的好地狱》《淡淡的血痕中》。

1986年4月8日《羊城晚报》以《挽荃麟同志》为题、署"绀弩遗作"发表"小引、一题词、二秋夜、三影的告别、四希望、五好的故事、六墓碣文"。有黄秋耘《附记》："一九七九年夏，绀弩同志以上述六首挽诗示我，嘱我代投报刊，由于种种原因，只有两首获得发表。其后《散宜生诗》亦未得广泛流传。今绀弩同志已长辞人世，我不忍他这几首以血泪写成的遗作长期湮没，再一次抄录投给报刊。抄录毕，也情不自禁地悲从中来，泪湿青衫了。"

1998年6月10日舒芜给侯井天的信中说："这几首诗实作于先前，我就见过，最初并不是专为悼荃麟而作，而是作成之后，到了悼荃麟之时，觉得好适用，乃抄给邵之家属。"

1979年，诗稿由罗孚带香港，1981年《三草》印成。题为《鲁迅忌日以〈野草〉数文意为诗八首》，无《失掉的好地狱》一首。

聂绀弩1980年12月28日或1981年1月4日写信对编辑《鲁迅诞辰百年纪念集》的姚锡佩说："改（野草）几题为律，最后一首《淡淡血痕中》诗删，因与赠鲁迅一题相犯也。至恳！"

1981 年，《鲁迅诞辰百年纪念集》收入，题为《改〈野草〉六题为七律》。删《死火》《失掉的好地狱》《淡淡的血痕中》。

　　1982 年，《散宜生诗》印成，题为《改〈野草〉六题为七律》。删同上。

　　1985 年 7 月，《散宜生诗》增订、注释本印成，题为《改〈野草〉七题为七律》。删《死火》《失掉的好地狱》。

　　聂绀弩为什么改《野草》数文意为诗？为什么祭鲁迅又不计"关合与否"用吊荃麟？兹抄聂绀弩 1940 年 10 月所作《略谈鲁迅先生的〈野草〉》一段文字，似乎可以回答："郭沫若曾有一首诗，题为《天狗》，大意是说天狗为热情所苦，无可奈何，把太阳也吃了，月亮也吃了，而且把自己也吃了。《野草》中也有如此情况，那是由于许多苦痛的经验教训所养成，觉得天下无一事可为，也不知如何为，而偏又不能不为。为则面碰壁。扶得东来西又倒，甚至连自己也被淹没在唾骂中；不为又目击一般'造物的良民们'，生而不知如何生，死不知如何死，生不如醉，死不如梦，而人类的恶鬼则高踞在这些活的尸骨死的生命上，饕餮着人肉的筵席。而自己偏是这些良民中间的一个，而自己偏是这些良民中间的觉醒者！婉转呻吟，披发大叫，遍体搔抓，捶床顿足，自己也不知道在干什么，为什么，要什么。文艺是苦闷的象征，也许还有多少商讨余地，但在对鲁迅先生的《野草》的场合，却极为确切。""《野草》就是旧的世界观发展到极致，走到绝境，碰到现实的壁上所爆发出来的灿烂的火花。"《野草》"是理解"鲁迅的"锁钥"。（见《聂绀弩全集》第 3 卷 382、385、386 页）

题歇脚庵抄鲁诗手卷（三首）[1]

一

鲁迅文章天下知，狂人日记起沉思。

偶于深夜瞒星斗，自乐微吟几首诗。

二

岂有豪情似旧时，翻山夜访鲁翁诗。

大风欺烛难书写，信笔纵横满纸缁。

三

四十余年一霎时，先生诗变古人诗。

无声处早惊雷响，恨少斯翁起咏之。

诗事

舒芜 1991 年 1 月 18 日《忆台静农先生》："静农先生自己曾手写鲁迅全部旧体诗为一长卷，那时鲁迅旧诗尚未汇集出版，这个长卷我曾看过，表示非常喜爱，临行之际静农先生特地检出来赠别留念，并且加题一个长跋：'一九三七年七月四日，余自青岛到平，寓魏建功兄处之独后来堂。又三日，卢沟桥事变起，余随困居危城，不得南归。时建功兄方辑鲁迅遗诗，钞写成卷，予因过录两卷，此一卷抄成于八月七日。（以下此略82字）今检斯卷赠重禹兄，（以下此略55字）静农记于白苍山庄一九四六年八月二日。'""幸喜这个诗卷我因循着没有付装裱，就那么一个纸卷夹在书箱的缝隙中，很不起眼，得以逃过十年浩劫；浩劫过后，我请了曹辛之先生裱好，又请了聂绀弩、萧军、钟敬文、陈迩冬四位先生题跋，请了启功先生署签，现在还珍藏在我这里，相信今后将永存天壤吧。"

侯井天：在台静农抄的鲁迅诗手卷上，聂诗此句本作"少日伴狂不自知"，诗末又自注道："首句改岂有豪情似旧时。"

注释

[1] 台静农：现代作家。安徽霍丘人。抗战前先后在辅仁大学、齐鲁大学、山东大学、厦门大学任教授、中文系主任。抗战期间任四川白沙女子师范中文系主任。抗战胜利后任台湾大学教授兼中文系主任。解放前曾被北洋军阀、国民党逮捕三次。同鲁迅来往甚密。著有《地之子》《建塔者》《关于鲁迅及其作品》《淮南民歌集》。陈漱渝在《台静农曾是中共地下党员》中说："根据以上史料判断，台静农加入中国共产党是在1930年左右。"（见2000年第1期《百年潮》）

歇脚庵：台静农赴台后的书斋名为"歇脚庵"。台静农1973年退休，10月4日后写《歇脚偈》："行者歇脚，法螺打碎。不禅不戒，得大自在。仁者出来，意何悲慨。金迷梦醒，良时难再。河山大好，几番更代。伊谁慧點，去来无碍。葫芦没药，担粪卖菜。瓶酒钵肉，何妨醉态。日暮掩扉，任他狗吠。癸丑重九后静农于台北龙坡里之歇脚庵。"

挽同劳动者王君（用"运交华盖"韵）

华盖运骄尔自求，乾坤何只两三头。

酒逢知己千杯少，泪倩封神三眼流。[1]

凉水泉[2]边同饮马，完山顶上赛吹牛。

于君鲁迅堪称寿，才得四旬又一秋。

注释

[1] 聂绀弩自注："《封神》人物，多有具三眼者，所多不知何用，意者其泪多乎？"

[2] 凉水泉：地名，位于虎林市西南约30公里处，在密虎铁路南穆棱河北。1955年1月850农场一成立，5月组成三个垦荒大队，分别在凉水泉、辉崔和清河破土犁地。（见张惟《雁行集》82页）

尘中望且介亭[1]不见

钻知坚否仰弥高，[2]鳌背三山又九霄。

室有文章惊海内，人无年命[3]见花朝。

遭逢春雨身滋润，想象天风影动摇[4]。

且介亭高空自耸，尘昏眼瞀望徒劳。

诗事

侯井天：1981 年 6 月《三草》印成。7 月间，聂绀弩对周健强说："前不久写的《尘中望且介亭不见》一首诗的后四句""本是信手拈来，谁知写成之后，竟有意无意回答了鲁迅先生若活到今天会怎么样这个问题……"（周健强《聂绀弩谈〈三草〉》）

162

注释

[1] 且介亭：鲁迅有《且介亭杂文》《且介亭杂文二集》《且介亭杂文末编》。这里则借指鲁迅及其著作。"且介"即"租界"二字的拆用。

[2] 钻知坚否仰弥高：《论语·子罕》："仰之弥高，钻之弥坚，瞻之在前，忽焉在后。"

[3] 年命：《汉书·刑法志》："功成事立，则天禄而永年命。"

[4] 影动摇：杜甫《咏怀古迹》："五更鼓角声悲壮，三峡星河影动摇。"

挽刘芃如[1]兄

今古文章海内外，赁春[2]居处市洋华。

生逢白雉少重译，[3]死向梵天作散花。

遗恨未参金字塔，雄篇曾寄[4]《外交家》。

香江有泪成红雨，壮志英年足叹嗟。

注释

[1] 刘芃如：笔名洪膺，成都人。四川大学毕业后留校，任助教、讲师。留学英国里兹、伦敦大学，专攻英国文学。1949 年到香港后任《大公报》《新晚报》翻译、编辑、外事记者、课主任、香港新华分社主办的英文杂志《东方地平线》总编辑。1962 年 6 月中旬（高旅《哭芃如》诗记："芃如兄 7 月 19 日囟公飞开罗，途中失事殉难"。）应（阿联）

邀去埃及,在泰国曼谷附近飞机失事,遇难。著作有《书·画·人物》《世界电影史话》《卓别林外传》《新雨集》（与叶灵凤合作）；翻译有《剃刀边缘》《外交家》《沉静的美国人》《嫣然一笑》《苦味的米》。

［2］赁舂：受雇为人舂米。《后汉书·梁鸿传》："居庑下,为人赁舂。"

［3］生逢白雉少重译：重译献雉，语出《后汉书．南蛮传》："周公居摄六年，制礼作乐，天下和平，越裳以三象重译而献白雉。"

［4］寄：古代翻译东方语言的官。《礼记·王制》："五方之民，言语不通……东方曰寄……北方曰译。"

悼胡风（1985）

精神界人[1]非骄子，沦落坎坷以忧死。

千万字文万首诗，得问世者能有几。

死无青蝇为吊客[2]，尸藏太平冰箱[3]里。

心胸肝胆齐坚冰，从此天风呼不起。

昨梦君立海边山，苍苍者天茫茫水。

诗事

此首见于 1985 年 6 月 24 日《人民日报》，投稿后聂曾三送修改稿，报社抽排几次，此为刊出稿。《光明日报》最先载此聂绀弩吊胡风诗，仅 8 句，题为《吊胡风》，有小记："仓卒凑句，未拘格律，亦仅一首。馀均平日赠君者。体皆七律，录以为吊。六月十日晚。"诗为："精神领域少骄子，沦落坎坷终忧死。千万字文万首诗，八十三年一瞬耳。心胸肝胆齐破碎，锦绣文章斯已矣！呜呼先生何处寻？化尸炉或地下水。"

6月22日载《团结报》时诗为："精神界人非骄子，沦落坎坷以忧死。千万字文万首诗，君直文章机器耳。死无苍蝇为吊客，尸藏太平冰箱里。心胸肝胆金石坚，从此天风吹不起。昨梦君立海上山，苍苍者天茫茫水。"

姚锡佩《我所认识的聂绀弩》："胡风逝世后，因草拟的悼词继续粗暴地否定胡风参加革命的动机和他的文艺思想，致使尸骨迟迟未得地母的安慰。这时已病卧不起的聂老，在《人民日报》等报章上连发吊诗，其中诗云：（姚引聂诗全首，此略）这惊天地、泣鬼神的诗句，令人潸然泪下。我禁不住立即去探望聂老，向他叙说人们对这些吊诗的反映，惊叹他大胆说出了大家心里的话。他听时表情那么木然，也可说是那样的严肃，继而带着他激动时常有的口吃慢慢地说：'有多少人参加革命的动机是纯而又纯的呢？又有谁的文艺思想是绝对正确的呢？为什么对胡风如此苛刻？'"

绿原、牛汉《胡风诗全编·编余对谈录》：牛汉说"对胡风的文章和诗的特殊风格，我听聂绀弩谈过一次。"时在1976年冬。"……他说：'有人说，胡风的文章晦涩，别别扭扭，不明白晓畅。我说这些人都不懂什么是文章。鲁迅和雪峰文章姑且不论。在中国，当今的文学界众多人物之中，我最佩服的就是胡风的文章。胡风是真正的大手笔，写惊世骇俗的大文章的人。他的文章有令人胆寒的风骨。文章通顺并不难，我聂绀弩的文章就很通顺，我可以当一名要人的文案。他那文章，他那诗，连他那拙重的字，都没有一点媚的味道。因为他和他的文章都不附属于谁，是他自己的。他的文章，他的诗，不是掌握了什么词藻、音韵、章法、典故以及经典里能够查找到的知识可以写出来。他不是文字奴隶，他的文字是他自己创造出来的，只属于他，或者说只属于他的理论和他的诗。别的什么学问都跟他的诗和文章无缘。胡风的文字所以让人感到晦涩，不顺，甚至难以理解，因为他是一个探索者，而且探索的是险境，是谁都没有去过也不敢去的地方。你可以说他是一意孤行，是的，他单枪匹马，不顾死活，必然会弄得头破血流，遍体鳞伤。他绝不是那个外国的唐·吉诃德！胡风追求的文学境界，我以为他其实并没有真的到达，他只不过是在艰难探索中望见和感觉到了，或者自以为达到了。因此他的文章就有许多一时很难说透的地方，因为说不透，文字就必定带点生涩。可他自己却已经沉浸在开拓者的狂奋和欢乐之中了。我可是当今世界上最了解胡风的一个人！'"绿原："聂绀弩常言人之所未言……这些话真可算是独到的见解……聂绀弩说他最了解胡风，就同代人的亲密关系而论，当然是可信的。"

注释

[1]精神界人:鲁迅《坟·摩罗诗力说》:"夫如是,则精神界之战士贵矣……然精神界之伟人,非遂即人群之骄子,车感轲流落,终以夭亡。"

[2]青蝇:《诗经·小雅·青蝇》:"营营青蝇,止于樊。恺悌君子,无信谗言。营营青蝇,止于棘。谗人罔极,交乱四国。营营青蝇,止于榛。谗人罔极,构我二人。"(朱熹注:"青蝇,污秽,能变白黑。")

青蝇为吊客:《三国志·吴书·虞翻传》裴松之注引《虞翻别传》:"自恨疏节,骨体不媚,犯上获罪,当长没海隅,生无可与言,死以青蝇为吊客。"

[3]尸藏太平冰箱:胡风冤案平反后,被选为全国政协常委。病逝后,胡风的家人不同意文化部拟定的悼词,尸藏北京友谊医院太平间的冰箱里,1985年6月8日逝,8月6日火化。1986年1月15日举行追悼会。

吊冯伯恒[1]

一剑随身[2]天下巡，昂头四顾我何存。

衰年痛饮拚裘马，劫后高歌泣鬼神。

死以青蝇为吊客，生逢白虎入丧门[3]。

介推死际凌烟笑，狐偃赵衰[4]皆幸臣。

诗事

冯伯恒夫人张志永 1991 年 11 月 7 日给侯井天的信中说："冯被错划为'右派'，郁郁不得志 20 余年，有时饮酒以浇愁肠，粉碎'四人帮'后，继而 79 年彻底平反，因而心情舒畅，特别是三中全会及改革开放所带来的宽和的政治气氛，（他）参与国家建设、统一的大业活动，写画赋诗，披露报端。""用一个著名的典故，是为冯抱不平的态度所发的牢骚。事实上由于反右运动，那些资历远不及冯的人倒占了上风，冯当时被降了五级，20多年处于靠边站的境地。"

"伯恒与聂老是40年代初在桂林相识的，他们是推心置腹无所不谈的诗友。""周大姐也是冯的挚友。1985年冯去世，周十分悲痛，但她看到聂重病在身，不敢告诉他。是后来我去信被聂看见，他非常痛心，立即卧床赋诗一首，8月6日登在《羊城晚报》。"——冯已逝去5个月又3天了。

张志永在上述同一封信中说：冯伯恒1985年3月3日病逝后，"对他的生平事绩，事实上以淡化为主调。除聂老一首诗及一位名叫冯剑文的文人发表一首悼诗之外，政、文界好友亲朋皆默然。"

注释

[1] 冯伯恒：原名冯锦星。广东南海人。1937年毕业于中山大学，七七事变后即参加抗日救亡工作。1939年赴南洋、越南、新加坡、柬埔寨、马来西亚，宣传、募捐，把医疗器材、药品分送到新四军南昌办事处、八路军武汉办事处。后到桂林、重庆与文艺界进步人士来往甚密。1945年参加民盟。1946年到香港，担任民联粤、港、澳分部委员兼秘书主任。1948年参与何香凝、谭平山、柳亚子等筹建国民党革命委员会工作，任第一届中央委员，1949年参加新政协筹备工作。建国后，任广州市政府委员、市体委副主任、

市民革副主任、广东省民革常委，二、三、五届民革中央委员。1958年被错划为"右派"。1979年任广州市政协副主席。1938年开始创作诗词，到逝世前，共写诗词350余首。画山水、花卉、鸟兽，开过个人画展，发表过美术论文。

〔2〕一剑随身：陆游《灌园》："少携一剑行天下，晚落空村学灌园。"

〔3〕白虎：西方七宿的总称。《礼·曲礼》上："行前朱鸟，而后玄武，左青龙而右白虎。"

丧门：星命家所谓"丛辰"之一，也称丧门神。《协纪辨方书》三《丧门》："丧门者，岁之凶神也，主死丧苦泣之事。"

〔4〕狐偃：春秋时晋人，文公之舅。文公流亡时，狐偃跟随十九年。后来文公定了王室，称霸诸侯，大都是狐偃的谋略。

赵衰：春秋时晋文公臣。从文公出亡十九年，文公立，衰与偃最有功。归国后辅佐文公定霸，其子孙世代为晋卿。

省·悟 ——————

鹧鸪天

乍暖还寒懒种瓜[1]，却沾涕唾钓青蛙。新来避盏酣陈醋，老去著书艳苦茶。

非为国，不当家，乒乓球赛也常夸。填成一首西江月，献与春城二月花。

诗事

郭隽杰："据陈迩冬言，此词作于1962年或63年．当时聂投闲置散，'放马南山'。"

楼适夷《说绀弩》："人是回来了，给他划'右派'的先生们，只当没了他这个人，也不替他做什么安排。他说：'是老朋友张执一，给我在政协文史小组挂了个名字。要不，得靠老伴养活了。'"

注释

[1] 种瓜:《史记·萧相国世家》:"召平者,故秦东陵侯。秦破,为布衣,贫,种瓜于长安城东。瓜美,故世俗谓之'东陵瓜'。"

即事二首（1961）

一

心似江南十里塘，秋来更见水泱泱。

渴思故旧诗盈眍，饱死侏儒粟一囊[1]。

三万六千日何少，鹅鸡狗兔事偏忙。

闲书著就无人读，抛向山妻簿领旁。

注释

[1] 侏儒粟一囊：朱正注引《汉书·东方朔传》："侏儒长三尺余，奉一囊粟，钱二百四十；臣长九尺余，亦奉一囊粟，钱二百四十。侏儒饱欲死，臣朔饥欲死。"

二

白苎临风原窈窕，黄葵捧日更崎嵚。

休嫌西向三间屋，每到秋来一片阴。

事有千头皆卧治[1]，人余两眼但书淫。

杀鸡为黍[2]真长策，蟋蟀登床[3]自鼓琴。

注释

　　[1] 千头：千头万绪。吴兢《贞观政要》卷一："以天下之广，四海之众，千头万绪，须合变通，皆委百司商量，宰相筹画。"

　　卧治：朱正注引《汉书·张冯汲郑传》：汉武帝召汲黯拜为淮阴太守，汲黯以病，力不能任郡事，辞不就。武帝云："吾徒得君重，卧而治之。"

[2]杀鸡为黍：《论语·微子》："止子路宿，杀鸡为黍而食之。"舒芜读诗笔记：《论语》原意是杀鸡和为黍（做饭）两件事，聂诗借用，却是杀鸡当饭之意。

　　[3]蟋蟀登床：朱正注引《诗经·豳风·七月》："十月蟋蟀，入我床下。"

诗事

　　侯井天：1986年9月吴丹丹《献给父亲聂绀弩的一束小白花》："父亲的身体不好，加上他一生的习惯——喜欢躺在床上，有人开玩笑地称他'聂卧佛'。"

六十四首（1962）

一

六十一生有几回，自将祝酒泻深杯。

诗挣乱梦破墙出，老踢中年排闶[1]来。

盛世头颅羞白发，天涯肝胆藐雄才。

藏书万卷无人管，输与燕儿玉镜台[2]。

诗事

陈凤兮《泪倩封神三眼流——哭绀弩》："绀弩的儿女情怀是动人的……他曾寄很多希望于海燕，曾有诗：'藏书万卷无人管，输与燕儿玉镜台。'"

注释

　　[1] 排闼：《史记·樊郦滕灌列传》："高祖尝病甚，恶见人，卧禁中，诏户者无得入群臣。群臣绛灌等莫敢入。十馀日，哙乃排闼直入，大臣随之。"闼，宫中小门。

　　[2] 燕儿：聂绀弩女儿海燕。

　　玉镜台：玉制的镜台。刘义庆《世说新语·假谲》说晋代温峤随刘琨北征，得玉镜台；后丧妇，其姑母有女，遂以玉镜台下定——旧时婚姻男方给女方的聘礼。舒芜读诗笔记：此处略变其意，泛指女孩子的化妆台。

二

缘何除夕作生日，定为迎春来世间。

渴饮中苏千里雪，饱看南北两朝山。

西风瘦马追前梦，明月梅花忆故寒。

此六十年无限事，最难诗要自家删。

诗事

  舒芜读诗笔记："这两句是概述生下来以后60年间经历。因曾留学苏联，所以说喝过中苏两国的雪水。长期在南方的国民党统治区，也曾两次到过北方和解放区的首府延安，所以说看足了南北两朝的山。中国历史上有南北朝时期，是南方的汉族政权和北方的胡族政权并立的局面，此处借指南方的国民党统治区和北方的解放区两个地区。"

三

阿婆三五少年时，西抹东涂酒一卮。[1]

囊底但教锥[2]尚在，世间谁复肚常饥。

行年六十垂垂老，所谓文章处处疵[3]。

已省名山无我分，月光如水又吟诗。

诗事

侯井天：据周健强《聂绀弩传》，聂绀弩、周颖夫妇被
错划为"右派"后，都降级降薪，生活出现困难。当时中国
作家协会副主席兼党组书记邵荃麟，想了个办法——和主编
《光明日报》副刊《文学遗产》的陈翔鹤商量，约聂绀弩写稿，
给予较高的稿费。于是，聂绀弩连续发表了《以林四娘作比
较》等七八篇文章。这是 1962 年 6 月间的事。

注释

[1] 西抹东涂酒一卮句：朱正注引王定保《唐摭言》：薛监（逢）晚年厄于宦途，尝策赢赴朝，值新进士榜下缀行而出。时进士团所由辈数十人，见逢行李萧条，前导曰：'回避新郎君。'逢蹶然，即遣一介语之曰：'报道莫贫相，阿婆三五少年时，也曾东涂西抹来。'

[2] 锥：《新五代史·汉臣传》：（史）"弘肇曰：'安朝廷，定祸乱，直须长枪大剑，若毛锥子安足用哉！'三司使王章曰：'无毛锥子，军赋何从集乎。'毛锥子盖言笔也。"

[3] 文章处处疵：蒲松龄《聊斋志异·叶生》："一落孙山之外，则文章之处处皆疵。"

184

四

不赞一词比夏游[1]，敬观夫子著春秋。

空中邈矣天鹅肉，镜里蔫然萝卜头。

生事逼人何咄咄[2]，牢骚发我但偷偷。

行年六十千行晚，秃笔支离[3]仍此楼。

诗事

　　聂绀弩1979年3月27日致高旅："20年前，我投诗给你，你见我牢骚满纸，曾劝我看开些。现在，一两年中看你的诗，除了别的，所发牢骚不减我之当年。到啥地步说啥话，你我实皆然也。"

注释

[1]夏游：卜商，字子夏，春秋末晋国人，一说卫国人，孔子得意门生，以文学见称。游，言偃，字子游，春秋末吴国人，孔子得意门生，以文学见称。

[2]咄咄：《世说新语·排调》："桓南郡与殷荆州语次，因共作了语。顾恺之曰：火烧平原无遗燎。桓曰：白布缠棺竖旒旐。殷曰：投鱼深渊放飞鸟。次复作危语。桓曰：矛头淅米剑头炊。殷曰：百岁老人攀枯枝。顾曰：井上辘轳卧婴儿。殷有一参军在座，云：盲人骑瞎马，夜半临深池。殷曰：咄咄逼人！仲堪眇目故也。"（仲堪即殷荆州）

[3]支离：《庄子·人间世》："夫支离其形者，犹足以养其身，终其天年，又况支离其德者乎。"

六十赠周婆（二首）（1962）

一

摇落[1]人间六十年，补天失计共忧天。

浮家湖海余心迹，报国襟期逐口禅。

尔我一生曾九死，夫妻不老证何缘。

寒荒万里独探狱[2]，恰在今宵三载前。

注释

[1]摇落：宋代诗人张耒："摇落已可悲，况复值秋晏。山深云物阴，所向皆惨淡。"

[2]独探狱：1959年1月27日是夏历除夕，这天是聂

绀弩 56 岁生日。也是这天，周颖到达虎林。当时，聂绀弩因烧炕不慎，失火烧了房子，被关押在虎林市看守所。

二

未谙水性水中泅，[1] 捻转陀螺却倒抽。

此日冠裳凭雨立[2]，几多人物误风流。

胸中五岳成平地，户外双松亦白头。

你是谁人谁是我，[3] 南山有鸟正啁啾。

诗事

　　林惜醇《茶余诗话》第 159 页："聂诗中不乏回顾自身经历之作，他一生大半'生活在难以想象的苦境中'（胡乔木语），可在诗中找不到一点怨天尤人的痕迹，能找到的只有'未谙水性水中泅，捻转陀螺却倒抽'这样的自省和'空中邈矣天鹅肉，镜里蔫然萝卜头'这样的自嘲……聂绀弩真正跳出身外那样看自己。"

注释

[1] 聂绀弩《三十万字和猖狂发言》："及至反省到这些都是不对的时候，又得到一个结论：不习水性，淹死在水里。"（见《聂绀弩全集》第10卷141页）

[2] 雨立：《史记·滑稽列传》："优旃者，秦倡侏儒也……秦始皇时，置酒而天雨，陛楯者皆沾寒。优旃见而哀之，谓之曰：'汝欲休乎？'陛楯者皆曰：'幸甚。'优旃曰：'我即呼汝，汝疾应曰诺。'居有顷，殿上上寿呼万岁。优旃临槛大呼曰：'陛楯郎！'郎曰：'诺。'优旃曰：'汝虽长，何益，幸雨立。我虽短也，幸休居。'于是始皇使陛楯者得半相代。后以"雨立"为侍从之典。"刘迎《梁忠信平原山水》："独将妙意寄毫楮，我愧雨立随诸郎。"

[3] 你是谁人谁是我：张四维《双烈记》八出：须知，休得太痴，你是何人我是谁，有好处我难靠伊。"冯梦龙《警世通言》："庄生……把瓦盆为乐器……倚棺而作歌。歌曰：'敲碎瓦盆不再鼓，伊是何人我是谁！'"

190

自　遣

偶从完达赤松游，得道归来鸟鼠秋。

我马既黄[1]千里足，春风不绿老人头。[2]

他人饮酒李公醉[3]，此地无银阿二偷。[4]

自笑余生吃遗产，聊斋水浒又红楼。

诗事

　　舒芜："张良是开国功臣，功成退隐，从'赤松子游'，事见《汉书·张良传》。赤松子，是古仙人。跟随某某人学，叫做'从某某人游'。张良去跟随赤松子学道求仙，叫做'从赤松子游'。聂绀弩在完达山下劳动，常常要砍伐红松，《伐木赠李锦波》中就说'终日执柯以伐柯，红松黑桧黄波罗'。此处借红松双关'赤松子'，把在完达山伐木，常常同红松打交道，诙谐地说成'从赤松游'。"

周而复《数叶迎风尚有声——忆绀弩》说到《自遣》一诗："末两句是指1980年1月他编辑出版的《中国小说研究论集》，谈了3本书：《水浒传》《聊斋志异》《红楼梦》。"非是。

注释

[1]我马既黄：《诗经·周南·卷耳》："陟彼高冈，我马玄黄。"

[2]春风不绿老人头：辛弃疾《鹧鸪天》："春风不染白髭须。"

[3]李公醉：唐朝武后时，张易之兄弟掌权，李氏王朝大权旁落，曾有"张公吃酒李公醉"之谣。张公指易之兄弟；李公指唐朝皇帝。比喻一方取得实益，一方徒担虚名。

[4]此地无银：《龙图耳录》："见了大哥，就说柳兄没有到这边来。蒋平笑道：'如此一说，那明是告诉大哥，柳兄在这里了，岂不是此地无银三百两么？'"传说有人把银子埋在地里，上面插个牌子，写着"此地无银三百两"。邻人王二看见牌子，就把银子偷走，也插了个牌子，上面写着"隔壁王二不曾偷"。比喻想要隐瞒、掩盖真相，手段拙劣，反而彻底暴露。

聂绀弩自注：少时见《新青年》杂志有人引用"此地无银三百两，隔壁阿二不曾偷"，忘其何文及何出处。

夜　读

六十功名从我懒，百千书卷使人痴。

谁当中国图强日，独拟梅花自寿诗。

初月一钩天黑早，青春双剪燕归迟。

荧荧灯火沉沉屋，得失兴亡某在斯[1]。

注释

[1] 某在斯：《世说新语》：简文（帝）在暗室中坐，召宣武（桓温）。宣武至，问："上何在？简文（帝）曰："某在斯。"时人以为能。

七　十（1972）

死灰不可复燃乎？戏把前程问火炉。

败絮登窗邀雪舞，残冬恋号待诗除。

卷中兵哲人填鸭，梦里荤蔬獭祭鱼[1]。

七十衰翁观世界，从心所欲矩先逾。[2]

注释

[1]獭祭鱼：《礼记·月令》（孟春之月）："鱼上冰，獭祭鱼。"獭，兽名，通常指水獭。还有旱獭、山獭等。《说文》："獭如小狗也，水居食鱼。""獭祭"，獭捕得鱼后，不立即吃完，一个个陈列水边，犹如祭祀时陈列牺牲，称为"獭祭鱼"。后来把罗列典故，堆砌成文叫獭祭鱼。

[2]从心所欲矩先逾：《论语·为政》："子曰：……七十而从心所欲，不逾矩。"

对　镜（三首）

出狱初，同周婆上理发馆，览镜大骇，不识镜中为谁。亦不识周婆何以未如叶生之妻，弃箕帚而遁也。仓卒成诗若干首，此其忆得者。[1]

一

人有至忧心郁结，身经百炼意舒平。

十年暌隔先生面，千里重逢异物惊。

最是风云龙虎日，不胜天地古今情。

手提肝胆轮囷[2]血，互对宵窗望到明。

注释

[1]出狱初：聂绀弩1976年10月10日从山西监狱获释。周颖赶到临汾接聂绀弩。

叶生之妻：蒲松龄《聊斋志异·叶生》：叶生"逡巡至庭中。妻携箕具以出，见生，掷具骇走。"

[2]肝胆轮困：韩愈《赠别元十八协律》："穷途致感谢，肝胆还轮困。"

二

近态狂奴[1]未易摹，仙人岛[2]上借吟哦。

孙行者出火云洞，猪八戒过子母河。

天上星辰曾雹击，人间岁月已硎[3]磨。

大风吹倒梧桐树，宝鉴[4]其能讲什么。

注释

[1]狂奴：《后汉书·严光传》："帝笑曰：狂奴故态也。"

[2]仙人岛：蒲松龄《聊斋志异》中一篇小说题名《仙人岛》。

[3]硎：《庄子·养生主》："刀刃若新发于硎。"

[4]宝鉴：《新唐书·张九龄传》："初，千秋节，公、王并献宝鉴，九龄上事鉴十章，号《千秋宝鉴录》以伸讽谕。"后人用作书名，取可以借鉴的意思。

三

孤山与我偶相携，我赠孤山几句诗。

雪满三冬高士饿，梅开二度美人迟。

吾今丧我形全槁，[1]君果为谁忆费思。

纳履随君天下往，无非山在缺柴时。

诗事

朱静芳《回忆聂绀弩出狱前后》："从临汾'三监'出来，老聂第一站是理发店。周颖要给他清扫一身晦气，进店落座，对面是一面明镜，举目对视，老聂大惊失色，这镜子里人不人鬼不鬼的，是他聂绀弩吗？坐牢近十年，他从来没照过镜子，几乎忘了自己是什么长相，如今镜里相见，心头蓦地冒出两句诗：'十年暌隔先生面，千里重逢异物惊。''异物

惊'，惊为异物也。"（见《人物》1995年第2期）

周健强《聂绀弩传·梅开二度》：聂绀弩浩叹："现在让我写，逼我写，我也特别想写，可惜又太晚了，不能写了。正是'梅开二度美人迟'呀……"周健强说："聂伯伯，您给我讲讲这首诗吧！"聂绀弩答："这是我刚从临汾监狱放出来写的。第一句是说我几十年前曾到杭州孤山游玩，雪满三冬应该是瑞雪兆丰年，收成好，而高士却忍饥挨饿……第四句，有个唱本叫《二度梅》……梅开二度固然好，可惜过了时令。把我放出来当然好，就是太晚了……五六句，十年囹圄，面目全非，偶然对镜，吓了一跳，不识镜中瘦鬼是谁？第七句，提起鞋子和你去天下闯荡一番。末句，留得青山在，不怕缺柴烧也……"（见《聂绀弩谈〈三草〉》）

注释

[1]朱正注引《庄子·齐物论》："今者吾丧我。"又："形固可使如槁木。"

岁暮焚所作

　　焚稿一题不过表一时心情，与下题显然有相犯者，以非同年作也。我诗曾全失去，若干年后始陆续搜得其小半，除极少数外，均忘其作年，故其次序无意义。

　　　　自著奇书自始皇，乾坤袖手视诗亡[1]。

　　　　诗亡人岂春秋作，身贱吟须釜甑妨。

　　　　自嚼吾心成嚼蜡[2]，尽焚年草当焚香。

　　　　斗牛光焰[3]知何似，但赏深宵爝火[4]光。

注释

　　　[1]诗亡：《孟子·离娄》："《诗》亡，然后《春秋》作。"

［2］嚼蜡：《楞严经》卷八："当横陈时，味如嚼蜡。"

［3］斗牛光焰：《晋书·张华传》记宝剑龙泉、太阿埋在封城地下时，斗牛星座间带有紫气，后由张华友人雷焕掘地，"得一石函，光气非常，中有双剑……其夕斗牛间气不复见也"。

［4］爝火：《庄子·逍遥游》："日月出矣，而爝火不息，其于光也，不亦难乎？"

除夜题所作

春夏秋冬一敝庐，古今天地几迂愚[1]。

梅花与雪无消息，诗兴随人感岁除。

不见北风南屋暖，忽当中夜此身孤。

凭君笑我干蝴蝶，自宝偷儿弃所余。

注释

[1]迂愚：迂拙之人。唐元稹《献荥阳公诗五十韵》："拙劣仍非速，迂愚且异专。"

八十（三首）（1982）

一

子曰学而时习之，至今七十几年[1]痴。

南洋群岛波翻笔[2]，北大荒原雪压诗。

犹是太公垂钓日，早非亚子献章[3]时。

平生自省无他短，短在庸凡老始知。

诗事

赖丹《艺窗琐记·波翻雪压》："解放战争时，俘获了
国民党特务头子第二号人物康泽。当时聂绀弩在香港写了一
篇《记康泽》……震动香港文坛。这与他另一个题为《天壤》

的短篇小说名作，堪称为震惊香港和海外文坛的双璧瑰宝。一时，海外各报竞相转载，出现了争阅聂绀弩作品的热潮。'南洋群岛波翻笔'，这一恰有分寸的诗句，堪称聂绀弩作品在海外备受欢迎的自况和真实写照了。"

注释

[1] 七十几年：聂绀弩《七十年前的开笔》："即辛亥革命的前一年，宣统二年。这年正月十六日发蒙。"（见《聂绀弩全集》第4卷211页）1910年聂绀弩七岁上学，到八十岁，学而时习之了七十三年，所以说"七十几年"。

[2] 波翻笔：聂绀弩《华民政务司》："我们在新加坡碰见《新国民日报》和《南铎报》打笔墨官司，《新国民日报》拥护孙中山，《南铎报》拥护陈炯明。使我吃了一惊，世上还有人拥护陈炯明！就禁不住写了反驳《南铎报》的论点的文章。前后写了两篇。在《新国民日报》发表。""1923年，忘记了是上下期，我在吉隆坡半山巴运怀义学（小学）当教员。"我受到英国政府统治殖民地马来西亚的"华民政务司"的"找我谈话"，还反问我："你不是左派或右派（指国民党，侯注），新加坡的两派报纸论战，你怎么拿起笔来写文章，帮这一派打那一派？"（见《聂绀弩全集》第4卷249、246、252页）

[3] 亚子献章：柳亚子1949年3月28日，写《感事

呈毛主席》诗。

柳亚子：初名慰高，后更名弃疾，字亚子，诗人，江苏吴江人。清末秀才，同盟会会员，南社社长。曾任孙中山总统府秘书、中国国民党中央监察委员、上海通志馆馆长。"四一二"事变后，被蒋介石通缉，逃亡日本。1928年回国，进行反蒋活动。抗日战争时期与宋庆龄、何香凝等从事抗日民主活动，被国民党开除党籍。抗日战争胜利后，在香港继续从事民主革命活动，曾任中国国民党革命委员会中央常务委员兼监察委员会主席、三民主义同志联合会中央常务理事、中国民主同盟中央执行委员。1949年出席中国人民政治协商会议第一届全体会议。建国后，曾任中央人民政府委员、全国人民代表大会常务委员会委员。有柳亚子诗集、词集、文集。

二

饮马长城东北东，牵牛七夕乱山中。

小园枯树[1]悲风劲，下里巴人[2]楚客工。

十载班房资本论，[3]一朝秦镜[4]白头翁。

居家不在垂杨柳[5]，暮色苍茫立劲松。

注释

[1]小园枯树：庾信有《小园赋》《枯树赋》。

[2]下里巴人：宋玉《对楚王问》："客有歌于郢中者，其始曰《下里巴人》，国中属而和者数千人。"

[3]十载班房资本论：聂绀弩《脚印·序》谈到读《资本论》的事。《脚印·怀监狱》："当未看时，不知从什么地方听来的，《资本论》难懂。做文字工作几十年，也未见

有人真看这书的。在稷山看守所时……最初替我买了一部《毛选》，后来又替买了《反杜林论》《唯物主义和经验批判主义》以及别的。看这些书时，忽然想起一不做二不休，何不趁此读读号称难懂的《资本论》呢？我看了十遍（第一卷），其他各卷多者，也不过三四遍。"

[4] 秦镜：相传秦始皇有一面镜子，能照见人的五脏六腑，知道心的邪正。（见葛洪小说《西京杂记》卷三）

[5] 垂杨柳：北京街巷名。聂绀弩 1982 年 8 月 16 日致高旅："我家在广渠门外，与垂杨柳相接。"

三

窗外青天两线交，文章拱手世贤豪。

此地无银三百两，前身相马九方皋。

生谓不辰胡老迈，死如得所定燃烧。

五台师范花和尚，狗肉喷香诱戒刀。

诗事

楼适夷《说绀弩》："他的目光是锐利的，在狭小的病房里，望见'窗外青天两线交'，透出他心灵中有广阔的天地和永远炎炎燃烧着的生命的火。"黄苗子《访散宜翁》："京尘几辈耐炎凉，八二芳年一老枪。冷眼对窗看世界，热肠欹枕作文章。声名灌耳麻雷子，品藻从头屎克郎。莫说金瓶净污染，千秋悲剧属娘行。"（见《三家诗·无腔集》）

《马山集》序诗（1962）

古有《牛山四十屁》[1]，此册亦近四十首。题咏投赠，于人于物，颇伤于马。其有牛者，盖偶然矣。故题曰马山，以马怀沙云。诗曰：

山外荒山楼外楼，吾诗非马亦非牛。[2]

金人自古三缄口，[3]玉女而今几洗头。

不问何之皆胆落，迄无知者乃心忧。

怀沙[4]哀郢吾何敢，偶在牛山冠马猴[5]。

诗事

此首见于《马山集》，末署"六二年三月"。《马山集》是聂绀弩自编诗集，书写于一本印谱所夹空白页上。1966年10月去北京"串联"的中学生青岛崂山县陈继明（博州），在北京第十六中学被查抄的"四旧"书刊乱纸堆里检得。1990年第1期《新文学史料》发表《文艺报》记者包立民《〈马山集〉失而复得始末》。

注释

[1]《牛山四十屁》：明朝时，位于南京西南的牛首山的志明和尚，世称牛山大师，自号"混帐行子""老实泼皮"。有诗集《牛山四十屁》，款曰："混帐行子、老实泼皮。"

[2]吾诗非马亦非牛：《汉书·西域传下》："驴非驴，马非马，若龟兹王，所谓骡也。"

[3]金人自古三缄口：《孔子家语·观周》：孔子观周，遂入太祖后稷之庙。庙堂右阶之前有金人焉。三缄其口，而铭其背曰古之慎言人也。

[4]怀沙：《楚辞·九章》篇名，相传为屈原的绝命词，怀抱沙石自沉。

[5]冠马猴：《史记·项羽本纪》："人言楚人沐猴而冠耳，果然。"

自咏答与可（1963）

与可[1]赠诗有谀泛处，自咏答之

瓢箪陋巷异颜回[2]，俯仰乾坤尚此杯。

纵骂鄙夫分肉好，[3]倘逢淑女以诗怀[4]。

世人欲杀吾知罪，大道未闻小有才。[5]

何日兴高重一读，红楼梦与金瓶梅。

注释

［1］与可：指文怀沙。

［2］瓢箪陋巷：《论语·雍也》："子曰：'贤哉，回也！一箪食，一瓢饮，在陋巷，人不堪其忧，回也不改其乐。贤哉，回也。'"

颜回：春秋末鲁国人。字子渊，一作颜渊，为孔子得意门人，以德行见称。年三十二死，后人称为"复圣"。

[3]纵骂鄙夫分肉好：《左传》庄公十年：刿曰："肉食者鄙，未能远谋。"

[4]淑女以诗怀：《诗经·周南·关雎》："窈窕淑女，君子好逑……窈窕淑女，寤寐求之。求之不得，寤寐思服。悠哉悠哉，辗转反侧。"

[5]大道未闻小有才：《孟子·尽心下》："其为人也小有才，未闻君子之大道也，则足以杀其躯而已矣。"

杂诗四首（1961）

一

手提肝胆验阴晴，坐到三更又四更。

天狗吐吞惟日月，鲲鱼去住总沧溟。

从来两语三言事，未必千秋万世名。

我醉问天天亦醉，自将天意拟人情。

二

不是寒梅不着花，不教雪里斗尖叉[1]。

一双屐未全中国，八句诗成半小家。

后怕蛟龙前怕虎，庄伤放达左伤夸。[2]

匡匡画在吾心上，半步雷池自己哗。

注释

[1] 斗尖叉：作旧体诗术语。谓善于用险韵作诗。

[2] 庄伤放达左伤夸：《日知录·正史》："弃经典而尚老庄，蔑礼法而崇放达。"韩愈《进学解》："《春秋》严谨，《左氏》浮夸。"

三

十八滩连十八盘[1]，登山涉水两漫漫。

脚膑孙子行当苦，口吃韩非说自难。

一字不曾关北阙[2]，四年终竟戴南冠[3]。

早知喉舌真吾累，拣尽寒枝作噤蝉。

注释

[1]十八滩：指赣江十八处险滩，即惶恐滩。十八盘：
浙江德清县莫干山之顶峰塔山。

[2]北阙：宫北的门楼，朝见或上书地。指朝廷。

[3]南冠：语出《左传·成公九年》，指罪人之帽。

四

说法谁曾上虎丘，吟诗自可小菟裘[1]。

残宵乱梦多于雨，老圃寒花瘦似秋。

何事定关天地泰，一言难解古今愁。

恩波荡漾双溪水，应有轻舟自在浮。

注释

[1]菟裘：古邑名。《左传》隐公十一年（公元前712年）：
"使营菟裘，吾将老焉。"后世因称士大夫告老退隐的处所
为"菟裘"。

无　题（1977）

今甫得盘苟日新[1]，行看天下四时春。

诗尊杜甫工穷苦，文羡桐城远俗伦。

富果能求[2]策吾马，醯焉或乞[3]假诸邻。

家贫人谓尘生甑，无甑何来甑上尘？

注释

[1]盘：古代沐浴器，青铜制，盛行于商周。

苟日新：《礼记·大学》："汤之盘铭曰：'苟日新，日日新，又日新。'"

[2]富果能求：《论语·述而》："子曰：富而可求也，虽执鞭之士，吾亦为之。"

[3]醯焉或乞：《论语·公冶长》："子曰：孰谓微生高直？或乞醯焉，乞诸其邻而与之。"

自遣用家天[1]见赠韵（1978）

知是花痕抑月痕，侍儿飞骑挽乾坤。

百千万卷书钦马[2]，七十五年岁愧恩[3]。

口念诗歌检平仄，手提肝胆计晨昏。

摊书坐号郎当久，燕处犹惊客叩门。

诗事

据王存诚1996年2月3日给侯井天的信中说："《花月痕》的韦痴珠临终前得悟前因，他原是香海洋青心岛仙主，和他关系密切的几个女性原来都是他的案下曹司——侍儿。韦痴珠被困死在并州，而聂绀弩也被困在并州，但有侍儿——周婆（或也包括其他见义勇为者）出来挽转了乾坤。"

注释

[1] 家天：邵慎之，字家天，高旅为其笔名。高旅原诗（1978 年 2 月 7 日）《戊午元日寄绀弩》："陕北江南逐梦魂，龙兴颇改旧乾坤。八千子弟曾酬死，七十年华合谢恩。塞草庭繁风下倒，金珰冠饰日通昏。欲铦铁剑倡优泣，却见刖人为守门。"

[2] 书钦马：马克思著作《资本论》

[3] 岁愧恩：恩格斯享年 75 岁。

八十自寿书赠圆彻[1]二首（之二）

窗外歪斜一线天，长街如水屋如船。

我将再活八十岁，孰与同歌三百篇。

耄耋心惭仁者寿，文章手拱世人贤。

师风何似花和尚，禅杖戒刀狗肉钱。

诗事

郁风：1985年3月3日元宵节前3日与祖光、苗子同访绀弩翁，虽已整日卧床而精神奕奕，且读书写作照常。当即拉一废纸为之写像。其寓所在闹市高楼之上，临窗下望商店车马行人在目。我笑说他是冷眼对窗看世界。苗子对曰："热肠倚枕写文章。"竟成一联，绀弩回头一笑赞许之。

注释

　　[1]圆彻：1929年生，号春明一衲。俗姓陈，名昫琇。广东梅县人。1955年在南京宝华山受戒。1958年毕业于苏州灵岩山佛学院。1979—1981年在中国佛教协会教务部工作。1982年受聘为中国佛协研究员。曾任福建闽侯雪峰崇圣寺首座法师、广东兴宁神光寺方丈、汕头市下莲证果寺住持、汕头市龙湖区政协委员。著有诗集《微尘集》。

八十虚度二首（之二）（1982）

窗外青天两线交，文章拱手世贤豪。

谁能再活八十岁，孰与共闻三月韶[1]。

生不如人才耄耋，死休埋我尽燃烧。

五台师范花和尚，狗肉葱姜诱戒刀。

注释

[1] 闻三月韶：《论语·述而》："子在齐，闻《韶》，三月不知肉味，曰：不图为乐之至于斯也。"《论语·八佾》："子谓《韶》尽美矣，又尽善也。韶，古传虞舜之乐。"

聂绀弩生平

1903年，1岁

1月28日（王寅年腊月三十），出生于湖北京山县城关十字街一个城市平民家庭。取乳名兆年，本名国棫，字幹如（干如），学名畸。

1905年，2岁

生母张氏病逝。因叔父聂行周（字为臧，1879–1919）无后，遂过继为其养子。

1910年，7岁

2月25日（庚戌正月十六日）发蒙上学。学校为京山县东关国民学校（申家祠堂），系初级小学，名义上是新式"小学"，实际上是私塾性质，只有一个不同程度的混编班，教员为孙铁人（镜）和申先甫先生。

1914年，11岁

1月下旬（癸丑年腊月下旬），生父聂平周患肺结核病去世。初小毕业后，即升入京山县立高等小学。在学期间，屡以作文成绩优秀而受到老师奖励，被同窗戏赠"聂贤人"雅号。

1917年，14岁

高小毕业，因家贫不能去武汉投考中学而失学。有时替父亲"跑契税团";但仍不废读，经常去借外祖父家藏书阅读；并从城关益大元商店管事陈海断先生学作旧体诗词，由是旧学根底日深。

1919年，16岁

旁听由查传轼等组织的京山县"学生联合会"集会活动。6月，养父聂行周患肺结核病去世。

1920年，17岁

因受新思潮的影响，曾与同学合谋，试图离家出走，未果。以本名聂国桢在汉口《大汉报》发表诗词，时任国民党总部代理党务部长的孙铁人偶见后，大为激赏，乃函请赴沪。

1921年，18岁

秋，在孙铁人与大舅父申国矩的帮助下，终得离家赴沪。第一次了解胡适之和"文学革命"。

1922年，19岁

年初，回家乡休假，返回上海后，由孙铁人介绍加入国民党；随即被介绍赴福建泉州国民党"东路讨贼军"（讨伐北洋军阀）前敌总指挥部，在同乡何成潜司令部秘书处任录事。读郭沫若的《女神》，开始接触新诗。

1923年，20岁

上半年，由孙铁人介绍与汪慰如一起赴吉隆坡投奔鲍慧僧。秋、冬之际，受已在仰光的鲍慧僧之邀，赴仰光接替被英政府驱逐出境的董锄屏办《党民日报》，后因与老板有矛盾而被开除，遂寄居朋友处帮助办《缅甸晨报》。

1924年，21岁

五六月间，从仰光经槟榔返广州，由鲍慧僧（当时是国民党中央党部宣传部干事）推荐，以聂简之名考入广州陆军军官学校（黄埔军校）第二期。

1925年，22岁

2月，与第二期全体学员作为校长蒋介石(东征主将)的卫队，参加国共合作的第一次"东征"，讨伐陈炯明。取道平山、淡水，在淡水等船时，得读《小说月报》上鲁迅先生的《在酒楼上》，久久难以忘怀；后经海丰至汕尾待命。

1926年，23岁

年初，抵莫斯科，入中山大学。不久，应钟敬文之约，以聂畸、绀乳为笔名，在钟敬文于广州主编的《国民新闻》副刊《倾盖》上发表新诗和散文。

1927年，24岁

继续在钟敬文主编的《国民新闻》副刊《新时代》上发表诗文。蒋介石发动上海"四一二"反革命政变后，五六月间随第二批留学生从莫斯科被遣回国。

1928年，25岁

下半年，调任南京国民党中央宣传部总干事；不久，任南京中央通讯社副主任。请假与在杭州工作的钟敬文一起游历上海、苏州、杭州等处。在留苏同学办的刊物《党基》上发表政论性文章，并代主编《党基》的最后两期。

1929年，26岁

年初，与周颖结婚。不久，周颖即以河北公费赴日本早稻田大学留学。

1930年，27岁

年前，趁放年假回京山老家探亲。其时爆发了唐生智、石友三的联合反蒋战争，因希望唐生智占领武汉后能留在武汉办报而脱离蒋介石，故意在武汉拖延了两个多月。后唐生智终未拿下武汉，不得已于本年2月返回南京，因逾假受到行政处分，不久，由副主任降为普通编辑。

1931年，28岁

在南京中央通讯社工作期间，同时为《新京日报》主编副刊《雨花》，发表抗日文章，常被"封杀"；不久，与在《新民报》担任副刊《葫芦》主编的金满成共同组织"甚么诗社"，诗社成员多至百余人，曾在《南京日报》上附出《甚么诗刊》，并出版单行本《甚么月刊》，主要刊登自作的新诗。9月下旬，受到当局传询，遂弃职潜逃上海；后又返南京，但未上班。虽有留苏同学沈苑明等一再挽留，仍决定脱离国民党。年底，得周颖信经上海赴日本东京。

1932年，29岁

在东京，靠周颖一份官费维持生活，边学习国向杭州留苏同学孟十还（斯根）主编的《中华日报》文学旬刊《十日文学》投稿。陈建辰等组织"新兴文化研究会"。5月，开始出版油印刊物《文化斗争》（出版两期后改名为《文化之光》，又出了一两期后停刊），宣传抗日，每期印二三十份，免费分送给相识的留苏学生阅读，一直坚持到次年4月。

1933年，30岁

4月，《文化之光》被封，被日本刑厅逮捕，关押于"早稻田留置场"达三个月。6月12日，与胡风、何定华、周颖等十多人被日本当局驱逐出境。6月15日回到上海。上岸后由胡风起草，以"留日归国华侨代表团"的名义发表《反日宣言》；三四天后，在四马路中央西菜馆（广东同乡会）由周颖主持召开记者招待会，控诉日本政府对中国爱国留学生的迫害。

1934年，31岁

3月，经孟十还介绍，受林柏生邀请，征得"左联"同意，受聘于《中华日报》，创办著名文学副刊《动向》，为左翼作家从事文化斗争提供了重要阵地；并请贫病中的"左联"作家叶紫作助编。在蒋、汪斗争中，因林柏生受到威吓，聂被迫辞职。《动向》共历时八个月，于12月18日停刊。此间，还通过鲁迅认识了东北作家萧军和萧红，并与丘东平重逢。

1935年，32岁

二三月间，经吴奚如等人介绍加入中国共产党。入党后不到一个月，即被派遣打入国民党内部以获取军事情报（当时康泽在四川任参谋团政训处长，因看到绀弩刚从日本回来时在《十日文学》上的文章，曾邀请聂绀弩去他那里），遂受命于5月初去成都找康泽"谋事"。因康泽知其身份，滞留月余后，未有结果被礼遣，先随康泽至重庆，再由别动队长曹助（小时同学，在黄埔时同队）陪同至万县，后乘船途经武汉，返回上海。在上海，一度任"左联"上海沪西区大组组长，负责传达"左联"的指示和任务，组织光华等大学的活动，参加一些纪念节日的"飞行集会"等等，从而认识周而复、田间、马子华、王元亨、李励文等人。支持马子华与"左联"同志葛一虹、向思庚编"左联"机关刊物《文学新辑》，以"耳耶"笔名供稿并为他们保存稿件。《文学新辑》仅出两辑即被禁，后按鲁迅先生指示将编余稿件刊于胡风编辑的《木屑文丛》上。

9月，短篇小说集《邂逅》，列为《天马丛书》之一，由上海天马书店初版。

1936年，33岁

年初，左联解散。在鲁迅的倡议和支持下，与鲁迅、胡风、吴奚如、萧军、萧红、周文等共同创办出版《海燕》，以"耳耶"等笔名担任编辑人。12月25日，女儿海燕出生。年底，参加上海文化界救国会，被推举为委员。

6月，语言问题小册子《从白话文到新文字》，列为《大众文化丛书》之一，由大众文化社初版；同年9月，由该社二版。

1937年，34岁

"七七"事变后，送妻女回京山避难。后周颖留在京山国民中心小学执教，只身返回上海。其时，正值"八一三"抗战全面爆发，即参加上海救亡演剧一队，6月，语文问题论集《语言·文字·思想》，由上海大风书店初版。9月，杂文集《关于知识分子》由上海潮锋出版社付排，因国难遭损未印。另有两部交印的书稿《瘸子的散步》（文艺论文和杂文集）和《两条路》（小说集），亦在战祸中丢失。

1938年，35岁

1月27日，受薄一波同志聘请，与艾青、田间、端木获良、萧军、萧红、李又然等人从武汉启程赴山西临汾山西民族革命大学任教，途中与塞克、端木获良、萧红合作剧本《突击》。8月，又至武汉。此间，趁隙回故乡探望女儿和在当地学校教课及参加妇女抗日工作的周颖，并参与主持孙铁人夫人葬礼并写祭文。10月9日，在新四军军部举行的纪念鲁迅先生逝世两周年大会上，作《纪念鲁迅，发扬鲁迅精神》的报告。

1939年，36岁

离开新四军，先到金华，跟邵荃麟、骆耕漠等编辑大型政治文艺月刊《东南战线》。

1940年，37岁

四五月间，张天翼从桂林写信至金华找人相助，由邵荃麟推荐聂绀弩至桂林，编辑《力报》副刊《新垦地》，一直延续到1943年。与夏衍、宋云彬、孟超、秦似等创办"野草社"，办刊物《野草》，7月与读者见面，在该刊上发表了大量短小精悍、犀利泼辣的杂文。还在《现代文艺》《中苏文化》等刊物上发表文章。年底，请葛琴、彭燕郊作《新垦地》助编，介绍邵荃麟任《力报》主笔。

6月，短篇小说集《夜戏》，列为《现代文艺丛刊》之一，由福建永安改进出版社初版；短篇小说《风尘》，由福建永安改进出版社收入《改进文库》之四《风尘》一书。

1940年，38岁

1月，皖南事变爆发，发表散文诗《绝叫》，抒发愤怒的心情。3月，养母申氏在京山老家病逝，因值战乱，未能奔丧。其时，国民党当局的文化专制日严，2月间生活书店桂林分店被查封，不久新知书店、读书生活出版社相继被迫停业，在《野草》上发表《韩康的药店》，回击国民党掀起的反共逆流，在读者中引起强烈反响，并为此殃及《力报》。6月，杂文集《历史的奥秘》和《蛇与塔》，列入《野草丛书》，由桂林文献出版社初版。

1942年，39岁

是年虚岁四十，桂林文友曾设宴祝寿。3月，与从香港脱险到达桂林的胡风会晤。夏，由于受到特务点名威胁，与彭燕郊一起离开《力报》，一度失业，并复发虐疾，得组织及时照顾。后为远方书店编辑了两期《山水文学丛刊》；与胡风一起帮助骆宾基编辑了两期《文学报》；同时继续为《野草》写稿。

主编的《女权论辩》集由白虹书店出版；短篇小说集《邂逅》由桂林文献出版社再版；11月，杂文集《早醒记》由桂林远方书店初版；《历史的奥秘》由桂林文南出版社再版。

1943年，40岁

国民党当局对大后方进步民主力量的高压日趋严重，桂林空气紧张，因受到注意而一时难以找到工作和发表文章，遂潜心语言问题的研究，并写出论文《释舅姑》和《广"古有复辅音说"》。替文协桂林分会编辑《二十九人自选集》，于10月28日由桂林远方书店出版。

1944年，41岁

得段梦晖之助，再次离开桂林去重庆，先住北倍周颖工作的慈幼院；约半年后，与邵垄麟、葛琴夫妇，彭燕郊，骆宾基同住文协"作家宿舍"。由冯雪峰介绍，挂名于"文化运动委员会"（张道藩主持，名义上由国民党领导，实在周恩来领导下，主要由非党的进步文化人组成）。6月，经友人介绍，入私立建川中学担任教职，并与同在那里的朱希筹办综合性文艺刊物《艺文志》。

1945年，42岁

1月15日，《艺文志》创刊，冯雪峰等名作家供稿，后因引起审查机关注意，加上经费困难，仅出两辑后停刊。同时亦在邵荃麟编辑的《文艺杂志》和《文萃》上发表文章。五六月间，辞教职，主编《真报》副刊《桥》。

1946年，43岁

2月，与郭沫若等312人联名发表关于《对时局进言》的签名运动。3月，进陈国良主办的《商务日报》，任副刊《茶座》编辑；后因在报上抗议逮捕周颖（时为全国劳协负责人之一）而招忌，于10月将《茶座》交给张白山接编。不久，应陈铭德、邓季惺之邀，为重庆《新民报》编副刊《呼吸》。10月19日，以《呼吸》全版编《鲁迅先生十周年祭特刊》。至1947年3月21日止，在《呼吸》上先后发表富有战斗性和文艺性的杂文达五十多篇，触怒了当局，以致编辑部被警备司令部派人占领，要报馆道歉一个月，并立即捧走编辑。4月，周颖进入劳协的重庆工人福利社，8月被捕，出狱后被迫出走香港。

1947年，44岁

上年12月24日"沈崇事件"发生后，立即投入抗议美军暴行的爱国运动，对沈崇的不幸受辱表示极大同情，对歧视沈崇者严加谴责。1月2日，与重庆文化界人士何其芳、艾芜、孟超、力扬等一百余人联名发表宣言，呼吁抵制美货、要求美军退出中国、废除不平等的《中美商约》；1月6日，参加重庆市大中学生一万多人的示威游行，被国民党反动报纸《新华时报》公开点名为"共匪"。3月，《呼吸》因刊登一篇揭露国民党兵扰民害民的杂文《无题》，招致国民党兵痞围攻报社闹事，乃被迫离开《新民报》；《呼吸》亦于3月21日出最后一期后停刊。

1948年，45岁

抵港后，作为家属住在周颖的工作地点——中国劳协（九龙梳亚道15号）的一个小楼梯间。正式恢复了组织关系后，与以群（党小组长）、张天翼、沈力群、孟超、楼适夷等在同一党小组参加活动。在香港集中学习了马列主义的一些基本著作（如斯大林的《列宁主义问题》《联共（布）党史简明教程》《列宁文选（两卷集）》等）。与夏衍、宋云彬、孟超、秦似一起编辑《野草文丛》，并担任编委。在《小说》（编委会以茅盾为首）上发表小说作品；同时为秦似主编的《野草》和《华商报》副刊撰写杂文。7月，《血书——读土改文件》脱稿，这是一篇讴歌全国农村土改的长篇报告文学力作。此间，还为香港新创刊的《文汇报》撰写社论，应罗孚之邀，为《大公报》连续撰稿。

1949年，46岁

春，与夏衍、邵荃麟同任《周末报》（冯英子主办）编委，并协助集资和撰文。6月，赴北京参加第一次中华全国文学艺术工作者代表大会。7月17日大会闭幕后，赴东北新解放区参观访问。9月，发表长诗《山呼》，迎接中华人民共和国的诞生。10月1日，参加开国大典，并与家人团聚。后应林路邀请去武汉，任中南军政委员会文教委员会委员。在汉期间，参加纪念鲁迅的活动，并发表讲话。年底，受中南局统战部张执一指示，再返香港开展统战和策反工作。

1950年，47岁

离港后的半年间，香港形势发生了很大变化，民主进步人士大量北上，而反动文化人在港汇集，遂以杂文为武器，在《大公报》副刊《大公园》上开辟《二鸦日谈》专栏，批判各种怪现象、怪理论，宣传中华人民共和国社会主义制度的优越性；同时在旧关系中开展统战工作。七八月间，以总主笔名义入香港《文汇报》，初去的任务是疏通各方面的关系，团结同仁，实现改版计划，使版面更适合香港的一般读者。邀请桂林时的同事高旅入《文汇报》为主笔。此间，正值朝鲜战争爆发，遂连续发表新闻短评《编者的话》和一些杂文，严厉谴责美国侵略者的罪行，受到读者欢迎，部分文章后编为《寸碟纸老虎》。

1951年，48岁

3月，离香港返回内地，先到武汉参加中南文教会议，并列席中南军政委员会会议。回北京后，应冯雪峰之邀，出任人民文学出版社副总编辑兼古典部（二编室）主任。此间，香港《文汇报》曾一再挽留，但终未再回香港。同年，被选为中国文艺家协会全国委员会委员，担任中国作家协会理事兼古典文学研究部副部长；同时担任中国文字改革委员会委员。整理注释《瞿秋白文集》的同时，着手筹划整理注释《水浒》等古典文学名著。

1952年，49岁

主持人民文学出版社的古典文学出版工作，与《人民日报》记者徐放一起到苏北兴化等地调查《水浒》作者施耐庵的材料，并赴南京、扬州等地重游。

1953年，50岁

主持并组织编辑室张友鸾、顾学颉、舒芜等专家，先后重新整理校订和注释《水浒》《红楼梦》等古典文学名著。重新校订和注释的《水浒传》（七十一回本），年底由作家出版社出版。

该版本《水浒传》的出版，是建国后整理古典文学遗产的开创性尝试，得到中央有关领导的高度重视；出版时，《人民日报》专门发表短评表示祝贺。

1954年，51岁

应邀担任《光明日报》社编委。在报刊上陆续发表研究《水浒》的论文，影响很大，先后被邀请赴北京、天津、上海、南京、扬州等地许多学校和单位作关于《水浒》的报告达五十多场次。结合工作收集旧小说约三百种，加上短篇近千种，写出礼记上百条；抄了一百几十篇序跋和几十种短篇的目录，准备编写一部中国小说史，后未能实现。

1955年，52岁

年初，中国作家协会主席团决定在全国文化艺术界开展对胡风文艺思想的批判。5月，应江西省文化局和省文联之邀，作《关于中国古典小说中的现实主义精神》的学术报告；不久，赴井冈山、瑞金等地参观访问。

1961年，58岁

1961年5月，开始和在香港的高旅通信，交流和切磋诗艺，在精神和物质上互相关怀。

1961年，59岁

3月，编成旧体诗集《马山集》（收旧体诗40首），手录于一印增空页中，从未示人，约同时编成《北大荒吟草》，初为二十余首，后不断增补至四十余首，陆续以手抄本形式分赠亲朋好友(包括仍在东北的丁玲、在香港的高旅和在武汉的朋友)。10月，至武汉访友，游览长江大桥，临东湖瞻仰屈原像，均有感赋诗。

1963年，60岁

曹雪芹诞辰二百周年纪念，潜心撰写研究《红楼梦》的文章，同时作咏《红楼梦》人物组诗。前此亦有咏新、旧小说的诗多首，其中多有真知灼见，发前人所未发；且隐指现实，存有深意，少数曾托高旅在香港发表。研究《红楼梦》的文章本为《文学遗产》所写，因《文学遗产》暂停，未得发表。

1964年，61岁

4月19日起离京南游，历时两个半月。先至广州、海丰，返回时经南昌、洪湖、京山、武汉。先后参观了红宫、红场；拜访了龙津溪畔的彭湃烈士纪念馆（彭湃故居）；拜见了彭母周凤老太太，并与之座谈，题诗题词，一起回忆大革命时的往事。

8月17日，以中国文字改革委员会委员身份赴西安参加"普通话教学成绩观摩会"，担任评比委员。

1965年，62岁

是年较沉寂，思想则更见深沉，开始研读先秦诸子及《史记》《汉书》。作诗《与海燕公园看牡丹，以其意成一绝句》，记与女儿同游的天伦之乐，以其难得。8月，外孙方瞳出生。

1966年，63岁

手抄类编杜诗中有关政治的篇什。在研读古籍中深有心得。

1977年，74岁

与友人的诗词赠答，年内诗作颇多。积极着手整理杂文、小说等旧作和创作新作品，回忆并从友人处搜集诗词旧作，争取发表。

1978年，75岁

整理旧作新篇，先后编辑《北荒草》《赠答草》和《南山草》，开始以油印本在友好中流传，获得好的反响。应香港方面邀请，为三联书店成立三十周年著长文纪念，体力脑力均消耗甚大。

1979年，76岁

冬，参加中国文学艺术工作者第四次代表大会，被选为全国委员会委员、中国作家协会常务理事。

1980年，77岁

即因肌肉萎缩而艰于离床榻，复为老年疾病所困，曾多次住院。初夏，再次入北京邮电医院就医。此次入院延续至次年。在病床上与人谈话，仍精神高昂，并奋力写作不辍。时胡风夫妇自四川归京，与胡风、萧军及他们的家人聚会、合影。冬，被补选为第五届全国政协委员。

1981年，78岁

整理编辑旧作及新作，结集多种，于年内陆续出版。旧体诗集《三草》（收诗一百九十余首）得以在香港正式出版。自注有云："我诗曾全失去，若干年后始陆续搜得其小半，除极少数外，均忘其作年，故其次序无意义。"是以诗集分类编辑而不系年。9月，鲁迅诞辰百年纪念大会在京举行，本拟将上年底应北京鲁迅研究室之邀写成的杂文力作《读〈啊，父老兄弟〉》更名为《从〈狂人日记〉谈到天门县的人民——为鲁迅先生百年诞辰作》发表，但因怕再惹"文福"，被亲朋劝阻而撤回，遂代之以《为鲁迅先生百岁诞辰而歌》旧体诗二十二首。7月，参加全国政协会议。

1982年，79岁

《散宜生诗》在北京出版，为《三草》增订本，体例相同，而多分出一辑《第四草》，共收旧体诗二百二十首。胡乔木为之作序，《胡序》云："希望一切旧体诗新体诗的爱好者不要忽略作者以热血和微笑留给我们的一株奇葩——它的特色也许是过去、现在、将来的诗史上独一无二的。"8月，友人高旅自香港赴京探视，卅载睽隔，一朝相见，彼此甚为珍重。

1983年，80岁

6月，被选为第六届全国政协委员。《散宜生诗》出版后受到读者欢迎，遂计划出版增订、注释本，为此增作《后记》，从思想和艺术两方面对自己的诗做了评价。

1984年，81岁

继续写作回忆文章、文艺评论和序跋。赠诗谢"左联"战友周而复登门探望。

6月，九人诗合集《倾盖集》由福建人民出版社初版，其中《咄堂诗》系绀弩自选旧体诗集，选编时间与《三草》大致相同，共收诗词八十首。7月，论及鲁迅的文章合集《高山仰止》由人民文学出版社初版。

1985年，82岁

老友冯伯恒于3月逝世，不敢使闻，8月偶然得知，即作诗悼念。6月，胡风逝世，即作悼诗，刊于《人民日报》。秋，病情持续恶化，拒绝住院，准备写《贾宝玉论》而未能完成。11月，手写《雪峰十年忌》诗二首。病重期间，作为文字改革委员会委员，仍牵挂文字改革事业。

1986年，83岁

1月，应邀口述《我与杂文》，由何满子整理成文。3月初，病情渐重，但头脑清楚，拒不吃药。24日入院，26日于北京协和医院安详谢世。4月7日下午，在八宝山革命公墓礼堂举行遗体告别仪式。徐向前等党和国家领导人送了花圈；全国政协、民革中央、中组部、中宣部、文化部、全国侨联、中国作协、资捕军校同学会、国家出版局，以及湖北省京山县委和县政府也献了花圈；习仲助、邓力群、朱学范、杨静仁、屈武等领导人和首都文艺界、新闻出版界人士六百多人出席了告别仪式。